★ 天下无贼，是我一生的追求，也是我至高无上的荣耀。

胡雪梅

致敬英雄 （柳 笛 篆刻）

警坛雄鹰

反扒英雄胡雪林的传奇人生

赵柳方 编著

江苏大学出版社
JIANGSU UNIVERSITY PRESS

镇 江

图书在版编目(CIP)数据

警坛雄鹰：反扒英雄胡雪林的传奇人生 / 赵柳方编
著. — 镇江：江苏大学出版社，2023.12
ISBN 978-7-5684-2042-6

Ⅰ. ①警… Ⅱ. ①赵… Ⅲ. ①纪实文学－中国－当代
Ⅳ. ①I25

中国国家版本馆 CIP 数据核字(2023)第 243206 号

警坛雄鹰：反扒英雄胡雪林的传奇人生
Jingtan Xiongying：Fanpa Yingxiong Hu Xuelin De Chuanqi Rensheng

编　　著/赵柳方
责任编辑/吴小娟
出版发行/江苏大学出版社
地　　址/江苏省镇江市京口区学府路 301 号(邮编：212013)
电　　话/0511-84446464(传真)
网　　址/http：//press.ujs.edu.cn
印　　刷/江苏中山印务有限公司
开　　本/710 mm×1 000 mm　1/16
印　　张/16
字　　数/240 千字
版　　次/2024 年 1 月第 1 版
印　　次/2024 年 1 月第 1 次印刷
书　　号/ISBN 978-7-5684-2042-6
定　　价/110.00 元

如有印装质量问题请与本社营销部联系(电话：0511-84440882)

★英雄是黑暗中的一束光，
　照亮我们前行的路；
　时间终究淹没众生，
　　唯有英雄永存。

毛泽东主席警卫员黄国瑞将军和"红管家"袁存建共同为胡雪林题词：警界楷模

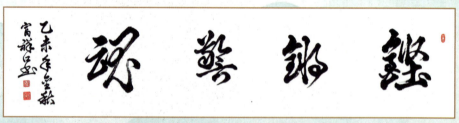

著名书法家福祥先生为胡雪林题词：铿锵警魂

"红管家"袁存建百岁之时再次为胡雪林题词：志存高远

镇江无贼

赠人民协立胡雪林

庚子年文，万松敬书

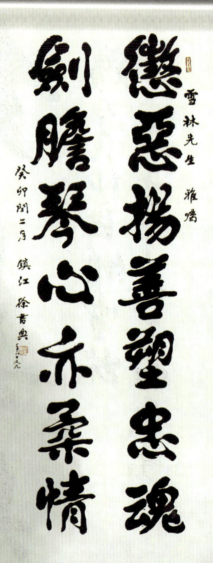

懲惡揚善塑忠魂
劍膽琴心亦柔情

雪林先生 雅囑

癸卯閏二月 鎮江 徐書典

中国毛泽东诗词书画艺术国际研究院副院长、中国书法家协会会员、90岁高龄的书法家徐书典题词

◀作者采访
胡雪林（右）

▶作者在宾馆
采访胡雪林（左）

◀作者在胡
雪林（左）曾经
抓获过窃贼的现
场进行采访

▲作者在胡雪林（右）工作过的镇江市公安局
公共交通治安分局门前留影

寻找最美　（唐占军 篆刻）

一曲真心英雄的赞歌

——为《警坛雄鹰》而序

"灿烂星空，谁是真的英雄，平凡的人们给我最多感动！再没有恨，也没有了痛，但愿人间处处都有爱的影踪。"周华健的一曲《真心英雄》感动了多少人。而今的英雄在何方？

从人流如织的车站码头，到千帆竞发的扬子江畔；从车水马龙的交通卡口，到万顷碧绿的田间地头；从灯火通明的破案现场，到使命在肩的各辖区派出所，忠诚而果敢的镇江公安人用赤诚守望平安，用汗水践行诺言，用壮志托起理想，用激情放飞梦想。他们是我们心中的"真心英雄"，他们是新时代"最可爱的人"。

镇江是一座英雄的城市。从箭雨中擂鼓扬威、不让须眉的梁红玉，到"镇江保卫战"中面对万名英军以死殉城的副都统海龄；从绝笔中仍疾呼"死者已矣，惟望生者努力"的中共丹阳党组织创始人黄竞西，到"429"武汉空战怒撞敌机血洒长天的陈怀民；从投笔从戎、被日军抓捕绝食殉国的新四军团长巫恒通，到长眠于茅山脚下的7000余名新四军将士……哪一位不是铁骨铮铮，慷慨赴义?!

市委书记马明龙曾经撰文："倘若城市是一本书，那么镇江城，是诗词志，是书画集，更是英雄谱。"

放眼望，巨流东去，云浮浪涌；侧耳听，铁马金戈，响遏行云。镇江城的每一片砖瓦、每一条道路、每一条河流，每一寸光阴，都回荡着英雄长歌，满载着热血咏叹。

在这个英雄辈出的年代，镇江市公安局公共交通治安分局（下文简称公交治安分局）原副局长胡雪林就是其中的佼佼者。他1979年5月参加工作，1988年改行从事反扒工作，1989年1月特招进入公安队伍，历任镇江市公安局京口分局刑警大队反扒民警、探长，2006年11月起任公交治安分局副局长兼反扒大队大队长。

平平常常的履历并没有阻滞他的人生发展。

在镇江，在江苏，在沪宁线乃至全国，提起"胡大个子"，扒手们无不闻风丧胆。从事反扒工作35年，胡雪林凭着对人民群众的赤胆忠心和对反扒事业的挚爱执着，潜心钻研、不怕苦累，练就了"三转、五到、二辨"的反扒技艺，在打击犯罪、保民平安事业上取得了突出业绩，成长为威震贼群、美名远扬的反扒英雄。他率先垂范、开拓创新，带出一支英勇善战的反扒团队，创出了"街面失窃案件大幅下降"的平安镇江品牌，得到了社会各界和人民群众的高度赞誉，人们称他为"马路局长"；他正气凛然、清正廉洁，一次次地迎着歹徒的匕首、砍刀、铁棍毫不退缩、勇往直前，一次次抵住了金钱的诱惑，以自身模范行为树立了新时期公安民警"罪犯最怕，百姓最亲"的良好形象。

在胡雪林刚刚退休之际，中国作家协会、江苏省作家协会会员赵柳方来到镇江，经过半年多的采访和耕耘，撰写出报告文学

《警坛雄鹰：反扒英雄胡雪林的传奇人生》，再一次回眸了胡雪林这段神奇的人生岁月。这是胡雪林用青春和热血铸就的丰碑，是一曲英雄的赞歌，是一曲传神的乐章，是一幅多彩的画卷。

当前，镇江公安正高举党的二十大伟大旗帜，以更强烈的使命担当投身到打击违法犯罪、深化为民服务和推进基层治理等各项工作中。绝对忠诚、绝对纯洁、绝对可靠，是公安铁军的铮铮誓言。"国家安危，公安系于一半"，是人民警察用青春与热血在天地间彰显的永恒主题。穿上这身藏蓝，我们注定要与风雨同行，与磨砺相伴，为守望担当。新时代承载新梦想，新梦想开启新征程。在新的征程上，我们需要无数默默无闻、忠于职守、执着向前的时代英雄。我们将在英雄的感召下，坚持以加强党的政治建设为统领，以防范化解重大风险为基点，以深化改革创新为动力，以锻造过硬公安队伍为保证，系统化推进"五大体系"建设，确保平安建设更有为，护航保驾更有力；以时不我待的紧迫感，踔厉奋发，躬身前行，为建设"强富美高新镇江"释放我们不懈的动力。

唯如此，才能无愧于党和人民的重托，无愧于我们伟大的新时代。

是为序。

王文生

（作者系江苏省镇江市副市长、市公安局局长）

目 录 CONTENTS

开　篇

　　在没有采访胡雪林之前，我已经听到许许多多关于他的传说——有人说，他长着一双神眼，能透过人的五脏六腑，窥视小偷的内心；有人说，他的眼神是超级电波，脑袋是超级"电脑"，所到之处，过目不忘，料事如神。香港卫视欲将他的传神之技拍成电视专题片，向世界播放。各路记者、作家蜂拥而至，争睹他的神勇和风采。然而，采访后我才知道，现实中的胡雪林是一个低调之人，低调得有点执拗，就像一个不爱显摆、大隐于市的侠士，自己过着宁静、洒脱的生活，静看长江滚滚东流，从不与人诉说种种神勇的过往。

一个英雄的诞生与一座城市的文脉到底有着怎样的关联？

为了寻访反扒英雄胡雪林的成长脉络，我再一次造访镇江。

镇江是生我养我的故乡。

"京口瓜洲一水间，钟山只隔数重山。"王安石用简单的两句白描，就清晰地勾勒出长江下游镇江、扬州与南京之间的地理位置关系。

缘江为境，以江为名，因江而盛，镇江是一座与长江命运与共、休戚相关的城市。自古以来，镇江的城市肌理与长江就深度嵌合。三千年来，在长江中下游的城市群里，镇江经历着战火硝烟，孕育着英雄人物，承载着文采风流，彰显出别具一格的长江文化特色。

长江奔涌向东，一路浩浩荡荡，在镇江境内突然打了一个"圈"，形成了一个"几"字形的江湾，在这里，长江从西、北、东三个方位包围着镇江，将这座城市牢牢地拥在自己的怀抱之中。

"江南滨江傍河的城市不少，但像镇江这样山水交错、江河交汇、市区滨江的城市却不多。"陪同我采访的镇江海关"笔杆子"李干荣深情地说。

从地质角度而言，凡是石质山体滨水的，下面通常较多深水港，适宜泊船。同时水文地质上有着"凸岸涨、凹岸塌"的规律，因此城市往往都建在凸岸的部分，反之则容易坍塌。

"镇江之所以数千年来都能成为港口城市，这和它处于凸岸有石山的地理位置有关，这样才有利于舟楫往来。一座城市的诞生，可以有多种缘由，而镇江城却明显因为地缘优势。"李干荣说。

镇江的山有其独特的自然禀赋，江、山、城融为一体，城在山中，山在城中，山城相依，三面翠岗起伏，一面大江横陈，这在全国城市中是独一无二的。

南宋淳熙十五年（公元 1188 年），奉旨到镇江察看地形的杰出

镇江北固山牌坊

词人陈亮登上了北固山，他为眼前临江耸立、如虎出穴、鬼斧神工的壮丽景色所倾倒，写下了著名词篇《念奴娇·登多景楼》。在词中，他用"一水横陈，连岗三面，做出争雄势"来概括镇江的地理形势，成为唐诗宋词中描写地理形势的千古绝句。从此，"一水横陈，连岗三面"，成为镇江这座城市独有的地理标签。

明成化三年（公元1467年）八月，世界十大文化名人之一的日本画家雪舟来到镇江，用他天才的画笔把壮丽雄姿的镇江古城记录下来、介绍给了世界：巍峨的古城墙上旌旗猎猎，城墙边的北固山上亭台楼阁耸立，漫山遍野，古树层层叠叠，与北固山上的多景楼、甘露寺连为一体。

世界的目光一下子聚焦镇江，也引起了贪婪者的觊觎——

镇江博物馆

　　时光倒回到1850年的香港，这一天，英国驻港总督文咸爵士沉思良久，尔后提笔给英女王维多利亚写了一封信，把他长久以来无数次苦思冥想的结果郑重地写在了信笺上：扬子江上的这座城市，每年开春都有大量的船舶将粮食和物品运到北京……因此我们只要派上一支小小的舰队，占领这座城市，远比占领中国边疆和沿海的若干城市更有价值。

　　当年船坚炮利的英国人，为什么处心积虑要占领镇江呢？给女王写信的驻港总督文咸并不知道，他对镇江重要性的判断和中国历史上很多帝王将相不谋而合。

　　中国历史上的帝王将相对镇江情有独钟，有例为证：

　　1954 年的一天，镇江丹徒县一位普通农民的儿子聂金海，和往常一样跟母亲一起到田里翻地，突然，他的铁锄下发出了异样的声响。聂金海小心翼翼地挖开泥土，眼前赫然是一个沉重的容器，但是，容器中并没有财宝。他继续向周围挖掘，结果又挖出很多这样的青铜器，其中就有大名鼎鼎的宜侯夨簋。

　　在镇江博物馆，我们看到了当年出土的青铜器，经过修复和整理，远古时期的光辉呈现在人们面前。

　　这件青铜器名为"宜侯夨簋"，它的底部刻有 120 余字的铭文，正是这些铭文为人们揭开了这批青铜器身世的秘密。

　　当年，著名考古学家郭沫若和唐兰等人将这段铭文翻译成现代汉语，大意是，四月丁未这一天，周王察看了地图，向南方进行了

镇江博物馆青铜器展厅

占卜，对虞侯矢说，我派你到宜地去当诸侯，赏赐土地、山川、人口和武器若干。为了感谢王的恩赐，矢特意铸造了这只宝器，以为纪念。

簋是商周时期仅次于鼎的一种礼器。在西周礼制中，这样的重器，只有诸侯才能拥有。那么，得到分封的这位宜侯，他的封地"宜"又位于何处呢？

唐兰先生研究认定，"宜"便是今天的镇江丹徒一带，这里是西周时期先吴的政治中心。这是镇江文字记载中最早建立的城市名称，距今 3000 多年。

西周的王室在陕西，在遥远的古代，周人是如何来到吴地的，陕西人又为何到长江下游去当诸侯呢？

在距离镇江不远的无锡梅村镇的伯渎河畔，有一座千年庙堂，我们在这里找到了答案。这座庙堂的主人叫泰伯。据《史记》记载，泰伯是商朝末年古公亶父的长子，为提高周氏族的政治地位，古公亶父在王位继承问题上煞费苦心，欲将王位传给三子季历，季历的两位哥哥泰伯、仲雍得知父亲心意后，为让贤远走他乡，来到江南荆蛮之地，开辟疆土，自号"句吴"。句吴也就是后来的吴国。而宜侯矢簋的主人就是句吴国的第四代国君周章，他的先祖正是最早奔吴的泰伯与仲雍。

来自北方的先进文化的所有者，把农业技术和中原礼乐带到这山清水秀的荆蛮之地，这是历史记载中第一次北人南迁。此后，镇江上演了一幕幕精彩的大戏。

1991 年夏天，镇江考古研究所的刘建国在城区组织考古工作，很多天毫无进展的挖掘让人昏昏欲睡。然而，就在日落西山大家将要鸣金收兵的时候，他们有了惊喜的发现——一排夯筑得非常工整的夯土块在落日的余晖中显现。这种夯土为城的建筑方式，多在六朝以前采用，这说明他们发现的很可能是一个距今至少1800年的重要遗址。

镇江在三国时期是东吴的政治中心，这座城池是否就是传说中孙权建筑的铁瓮城呢？考古队员们扩大了勘探的范围，终于，他们挖到了最重要的证据——青色的砖。

如今，铁瓮城隐藏在一片民居中，铁瓮城的城墙上，一层层泥土和瓦砾掩埋了一代又一代的繁华与沧桑，曾经的金戈铁马和歌舞升平被今天的平常生活所取代。

如此平静的一个小城，当年孙权为何将统治中心迁到这里？面对80万曹军压境，铁瓮城和3万人马能保住自己的家园吗？

公元209年，一场龙凤呈祥的大戏在京口北固山上演了。这是孙权精心策划的一场婚姻，为了与刘备联盟，孙权付出了巨大的代价，他把自己年轻的妹妹嫁给了一位50多岁的老人。至此，孙刘正式结成联盟，一致抗曹。由此引发了一场著名的赤壁之战。

赤壁之战奠定了三国鼎立的格局，孙权于公元229年称帝，统治江东50余年。

年轻的孙权终于扭转了乾坤。他的对手曹操不由得发出"生子当如孙仲谋"的赞叹。镇江这座城市也从铁瓮城开始，成为一个政治、经济与文化的枢纽。每一个南来北往的匆匆过客，都会为在这座城市发生的一幕幕往事动容。

1842年，镇江被大兵压城，这一次的侵略者是觊觎镇江已久的英国人。为了打开这个古老富庶的东方大国的国门，英国人开着坚船、架着利炮不远万里来到了中国沿海。他们长驱直入，如入无人之境。7月，黑压压的舰队停在长江江面，镇江似乎唾手可得。

镇江英国领事馆旧址

但是侵略者没有想到，在这个东方大国的门口，他们还是遭到了前所未有的抵抗，战场就在镇江焦山、北固山一带。

负责镇江防卫的副都统海龄是一个旗人，他力主抗战。当英军三个旅的兵力在炮火的掩护下强行登陆时，海龄身先士卒，亲自镇守炮台，但是，实力的悬殊导致了这场战争必然的结局。

镇江一役，守城的 1200 名旗兵和 400 名青州兵全部以身殉国，无一人叛逃。海龄眼看无法挽回败局，在烧毁公文后，自焚殉职。英军死亡 185 人，超过了他们在浙江和吴淞两次战役中死亡人数的总和。

如今的镇江焦山上，抗击侵略者的炮台已经被青草和苔藓覆盖。据说当年镇江战役中，这些重要的国防武器只打出了一发炮弹。炮台厚重的掩体周围到处是短兵相接的肉搏战，沧桑的古炮台遗迹似乎依然诉说着那惨烈的一幕幕。

镇江之役后，清政府已无力再战，被迫与英国签署了《中英南京条约》，开放沿海五个通商口岸，但是镇江并不在开放之列。这就是驻港总督文咸给英国女王写信的原因。

1856 年，英法等国发动了第二次鸦片战争，战争结束后，镇江成为向列强开放的口岸。

英国人在登陆口的西津渡建造了领事馆，这片依山傍水的小楼就是殖民者俯瞰镇江的地方。如今，它成为镇江博物馆的一部分，让后来人永远铭记历史。

我在镇江采访的几天里，每天清晨，刚刚从镇江市公安局公交治安分局副局长任上退休的胡雪林都要陪我到西津渡吃上一碗正宗的锅盖面。

西津渡古街上的锅盖面店

反扒路上，匆匆吃一碗锅盖面成了胡雪林的日常

早餐吃上一碗锅盖面，对于镇江人来说，是再平常不过的事。

此时，此起彼伏的喧闹早已打破街巷的寂静。刚刚醒来的镇江居民会三三两两聚集到一个又一个餐馆前，叫上一碗镇江独有的锅盖面。

店老板将面粉揉好后擀成薄片，切成细条，与锅盖一起下锅煮熟，面条筋道，汤汁浓郁。

据说锅盖面正是南北朝时南迁的北方人带来的。唐朝诗人张籍就曾在诗中写道"北人避胡多在南，南人至今能晋语"。或许正是从那时候开始，镇江人传承了北方人刚烈的性格，镇江城也逐渐褪去温婉，平添了江南少有的雄浑之气，它伴随着一次又一次的历史激变，上演了一幕又一幕慷慨悲歌。

两碗热腾腾的锅盖面端上来了，我和胡雪林面对面坐着，一边吃，一边交谈着。胡雪林爽朗的笑声和夹带着浓厚地方方言的话语声，瞬间在餐馆里弥漫开来。

胡雪林，第一眼给我的感觉就是一位典型的北方汉子：一米八三的个子，岩石般的面孔，凹凸有致的棱角，毫不妥协的神情，炯炯有神的眼睛，说话声如洪钟，极富感染力。岁月已经悄悄爬上他的额头，昔日的乌发已生出许银丝，但依然是一副威武、刚毅的神态。

历经磨难、沧桑的城市，英雄辈出，生生不息。

虽然当年统一中国的秦始皇南巡至镇江时，见此地气势雄险，命人凿断京岘山，以泄王气，但这阻挡不了南朝宋武帝刘裕、齐高帝、梁武帝的诞生，他们均出生在镇江。

具有"中国反扒王"之称的一级警督胡雪林，虽然也在镇江成就了一番伟业，但其人生履历是极其平凡的。

他1979年5月参加工作，1988年开始从事反扒工作，1989年1月被特招进入公安队伍，历任镇江市公安局京口分局刑警大队反扒民警、探长，2006年11月起，任镇江市公安局公交治安分局副局长兼反扒大队大队长。

30余年来，胡雪林共抓获各类违法犯罪嫌疑人6000余名，破获各类刑事案件4800余起，为群众挽回经济损失1000余万元。特别是2006年12月担任公交分局领导之后，他既当指挥员又当战斗员，仍然坚持工作在反扒一线。他的事迹得到了公安部、江苏省公安厅领导，以及镇江市委市政府、市公安局党委的高度肯定，并多次受到党和国家领导人的亲切接见。《人民日报》、《中国法制报》、原《警方》杂志、央视一套和十二套、全国各大卫视都先后对

胡雪林常常和安保战线上的同事们一起研究案例

他做过专题报道。

　　他的事迹风靡警界内外，吸引了许多作家前来探秘，以他为蓝本创作的纪实文学《道与盗》《胡大个子传奇》《猫鼠博弈》《反扒神探》在读者中引起回响，一时洛阳纸贵。其中《猫鼠博弈》获得中国金盾文学奖，被全国多家省、市级报刊连载，还被制作成广播连播。

　　作为一位久经沙场的"反扒大王"，他的事迹在沪宁线上是无人不知、无人不晓，小偷听了"胆战心惊，逃之夭夭"，群众听了"肃然起敬，交口称赞"。然而，面对如潮的赞美，他总是呵呵一笑："我只是在做我自己应该做的那一份工作，就如同工人做工、农民种地一样简单，我是反扒警察，抓小偷，那是天经地义的事!"

好一个"天经地义"!

那么,他的亲朋好友们对他的"天经地义"又是如何评价的呢?

女儿胡雯青说:

"幸福是什么?幸福是爸爸大大的拥抱!幸福是爸爸的大手拉着我的小手!可是对我来说,这样的时刻很少很少。我的爸爸是警察,抓小偷是家常便饭。当别人下班回家的时候,正是他上街巡视的最佳时间。我清楚地记得小时候的事情,一次,他已经连续加班好几天了,听说晚上他会早点回家,我早早地就在家里等他了。这次考试我得了100分,要给他一个大大的惊喜。一听见开门的声音,我就知道是爸爸回来了!我迫不及待地飞奔到门口,欣喜地叫喊:'爸爸!爸爸!这次我考了100分!'谁知,爸爸没有给我大大的拥抱,也没有露出欣慰的笑容,只是心不在焉地回了一句'哦,好的!好的!'说完,他把带回来的脏衣服放在了洗衣篮,然后直奔衣柜拿了一套干净的便服准备带走。我正想伸出手把卷子递给爸爸瞧瞧,爸爸的手机响了:'嗯,嗯,好的,好的,领导放心,我马上就过去!'爸爸放下手机,一边拿起衣物,一边不好意思地对我和妈妈说:'110接报,大市口一带又发生了盗窃案,晚上我又要加班,不能陪你们了!'又来了!这已经是多少次了?只管侦查案情,不管我;只管审理案件,不管妈妈;只管工作,不管家!我和妈妈都管他叫'三不管爸爸'……"

徒弟陆军说:

"我参加工作10多年了,这10多年来师父的一言一行无不影响着我,教育着我,鞭策着我。譬如,他对工作兢兢业业的态度,对同事关怀备至的品格,使我终身受益。我们两个人在一起时,我的优势是小偷不认识我，而师父在镇江几个大的集贸、物流、建材市场是不能抛头露面的，他只要一进入市场，消息就传出去了，小偷就作鸟兽散，一个不剩全跑光了。现在他有意培养我，就是让我将来担当重任，当好一方守护神。"

徒弟孙欣说：

"如果你到镇江打听'胡大个子'，无论是商城保安、销售小妹，还是报刊亭老板、卖货阿姨，几乎都知道你要打听的是谁，或许还会拉上你闲聊几句他的传奇故事。有一年，京口区连续发生多起车内财物盗窃案，车子无撬锁、损坏痕迹，后备箱内财物却不翼而飞。一时间闹得人心惶惶，当时周边商场的停车场有几个月基本没人敢停车。为了破案，师父常去停车场巡逻、观察，终于解开作案手法。一天，蹲守已久的他与一伙形迹可疑的盗贼不期而遇，经过一番观察，师父敏锐地察觉到犯罪分子'可能在使用干扰设备'干扰车主锁车，果不其然，在附近转悠的两个黑衣人被一举抓获。这也是江苏首起成功破获的干扰器盗窃案。"

他楼下的邻居、镇江市中睿电子有限公司总经理赵祥说：

"我和胡雪林相识纯属巧合。一次，我们在电梯里相遇，我觉得眼前的大个子非常面熟，仔细一想，原来他就是大名鼎鼎的反扒英雄胡雪林，能与英雄同住一栋楼，真是三生有幸。现在我们是无话不说的好兄弟、好邻居。胡局为人豪爽、待人亲切，而且乐善好施，一点架子也没有。"

在没有采访胡雪林之前，我已经听到过许许多多关于他的传说——

有人说，他长着一双神眼，能透过人的五脏六腑，窥视小偷的内心；有人说，他的眼神是超级电波，脑袋是超级"电脑"，所到之处，过目不忘，料事如神，滴水不漏，异常敏捷。

但江湖之上，滚滚红尘，围绕着这双"神眼"，流传着一个又一个关于他的轶闻趣事，让人听来是那么奇妙，那么感人，又那么玄秘。

香港卫视欲将他的传神之技拍成电视专题片，向世界传播。

华谊兄弟电影公司欲将他的故事改编成电影，但前提是将他放在国际大背景中考量，塑造成一个在奥运会、世界杯足球赛场无所不能的"神探亨特"。胡雪林听了连连摆手说："我只是一个反扒警察，将我塑造成如此高大的形象，与事实不符，有违我的初心和警察的使命。"

胡雪林，低调得有点执拗，他就像一个大隐于市的侠士，自己过着宁静、洒脱的生活，静看长江滚滚东逝水，不与人述说种种神勇往事。就像眼前的一碗锅盖面，几块肴肉，就着一碟香醋和一撮姜丝，也可以让人品尝出时光沉淀的酸甜苦辣咸。

记不清是谁所言，每个人都能成为圣人，都可以成为大家巨擘，只是大多数人不能数十年始终如一、甘于寂寞地坚守。水滴石穿、铁杵成针，就是这个道理。倘若孙悟空没有经过七七四十九天的煎熬历练，哪有火眼金睛的齐天大圣?!

古人云：干天机者不祥，察知渊鱼者不祥。总而言之，天机不可泄露。

奇迹由努力造就，任何一位英雄的诞生都离不开精彩细节的铺排。

让我们唱着《英雄赞歌》，一起走进镇江，探寻英雄背后的传奇故事及他的内心世界——

> 风烟滚滚唱英雄
>
> 四面青山侧耳听
>
> 侧耳听

晴天响雷敲金鼓

大海扬波作和声

人民战士驱虎豹

舍生忘死保和平

为什么战旗美如画

英雄的鲜血染红了它

为什么大地春常在

英雄的生命开鲜花

……

一声吼叫炮声隆

翻江倒海天地崩

天地崩

双手紧握爆破筒

怒目喷火热血涌

敌人腐烂变泥土

勇士辉煌化金星

为什么战旗美如画

英雄的鲜血染红了它

为什么大地春常在

英雄的生命开鲜花

……

第一章
雏鹰展翅

题义：是雄鹰，就要搏击长空；是猛虎，就要呼啸山林；是蛟龙，就要遨游大海。

题记：它在高空中盘旋着，两翅平展，一动不动。凭借着草原上袅袅上升的气流托浮着，它自由自在地俯视着草原上的一草一木。即使面对漫卷过来的风沙，它也会轻轻地飘浮在飞沙黄云之上。当它毅然从半空中一个鹞子翻身直冲而下时，那狼狈逃窜的野兔便迅速成为它爪下的猎物，一切就像导演过的那样连贯，像制导导弹击中飞行器那样精准。

晨曦中的泰兴城（刘德民 摄）

1. "雏鹰"降生

　　树有根，水有源，要了解胡雪林的人生全貌，还得从他的出生地说起——

　　镇江北面有座温婉的小城泰兴，它东接如皋，西濒长江，南接靖江，北临姜堰，东北与海安接壤，西北与泰州毗连。总面积1272平方千米。地势东北高，西南低，略倾斜，为长江三角洲冲积平原。

　　泰兴当地人谈起他们的家园，都会情不自禁地唱起苏北小调《泰兴十样景》——

　　泰兴城／好风光／十样景／听我唱／一鼓楼／二水关／三井头／四关厢／五城门／六角桥／七星池／八善堂／九条巷／十院寺／劝

诸君 / 莫记忘

在泰兴城东南 30 公里处，有个弹丸小镇——珊瑚庄，初名"三户庄"，原来是个仅有黄、常、王三姓居住的小村庄。

据《黄氏族谱》载，其高祖于明朝永乐年间为避战乱来此落脚谋生，围田垦荒，春播秋收。黄、常、王三姓一道结庐而居，慢慢形成村落，故名"三户庄"。当然，也有老古话这样说："三户庄"，先有"常"，后有"王"，再有"黄"。

清道光年间，众多外姓不断迁徙来此，庄中读书人渐多，有人将"三户庄"谐音雅化为"珊瑚庄"。

从清末至抗日战争、解放战争的 50 年间，国内战事频仍，政局动荡，珊瑚庄位于如皋、靖江、泰兴三县交界处，属"三不管"地带，局势相对稳定。

1943 年，珊瑚庄划归如西县管辖，珊瑚区游击队把日伪军打得抱头鼠窜，使敌伪势力在珊瑚庄这块土地上无法插足，被当时的如西县委授予"钢珊瑚"光荣称号。珊瑚区游击中队 50 多名队员中，有 6 人是珊瑚庄人，其中有 2 人在立沟头战斗中光荣牺牲。1947 年春，新四军北撤，国民党反动派在此地修筑占地 12 亩的据点，并修建炮楼，常驻还乡团 50 余人。

珊瑚庄早在 1934 年就推行保甲制，定名为珊瑚乡，乡公所驻珊瑚庄；1941 年抗日民主泰兴县政府成立，此地为珊瑚区，区公所仍驻珊瑚庄，下辖 21 个小乡；1943 年珊瑚区划归如西县管辖，属如西县珊瑚区；1949 年 6 月，珊瑚区重新划归泰兴县。

在珊瑚庄得胜村五小队有一个胡姓人家，主人胡殿泉在镇江猪鬃制裘厂任车间主任，妻子王美芳在家中务农。当时他们已经生育了三个儿子和一个女儿，因为胡殿泉在镇江的工厂里上班，虽然子女多，日子还能将就着过。尤其是1958年，全国农业大丰收，夏粮是"麦浪滚滚闪金光"，秋粮是"喜看稻菽千重浪"。特别是秋天，村里种的庄稼白天收不完，晚上要加班收。那时玉米、谷子、稻子、地瓜堆满了生产队的场院。

然而，天有不测风云，1959年以后，由于农田严重干旱，粮食和副食品严重短缺。

胡殿泉家也不例外。因为缺粮，蒸的窝窝头，开始是用地瓜面、棒子面加槐花、榆钱、柳树叶、地瓜秧、杨树芒子，后来就是用碾碎的棒子芯。虽然难吃，但能让孩子拿到学校里吃，就算很不错了。

看着一个个嗷嗷待哺的孩子，胡殿泉心急如焚，每次从镇江市区回到家后，就到河里捕鱼。那时河里没有污染，鱼还是挺多的，一晚上能捕到好几斤鱼。

小时候的鱼塘没有污染，胡雪林的父亲常常下河捕鱼

屋漏偏逢连夜雨。这时候，王美芳偏偏又怀上了第五个孩子，在那个"子女越多越光荣"的年月里，王美芳咬着牙也要坚持把孩

子生下来。

时间到了1962年12月19日，此时的得胜大队五小队处在寒风料峭之中。

这一天，洁白洁白的雪花，悄然无声落下，一点儿也不惊扰庄稼人的梦境，轻轻地落下来，飘飘洒洒，纷纷扬扬。

那些黑色的屋顶，泥泞的田埂，长满枯草的斜坡，光溜溜的井台，落了叶的桑树……不多一会儿，全被无私的飞雪打扮起来了，村南面荒芜的葫芦坝也穿上了洁白的素装，变得格外美丽。

村上的娃儿们高兴得欢呼起来："下雪了！下雪了！"

北风卷着雪花漫天飞舞，凛冽的寒风把胡殿泉吹得上牙直打下牙，但他顾不得寒冷，抱着膀子在院子里来回踱着方步，一副六神无主的样子。内房里，他的夫人即将临盆。

胡雪林家的老宅

他把身子贴近窗棂，耳朵横过来听、竖起来听，只听接生婆急切地说："奇了怪了，羊水早破了，怎么到现在还没有动静哩？"

"唉，老婆又遭罪了。"胡殿泉火急火燎地来回晃悠着。

时光已不知不觉到了傍晚，突然从屋里传来一声响亮的啼哭，不一会儿，接生婆踮着个小脚，从房里忙不迭地跑出来，兴高采烈地喊道："恭喜孩儿他爹，恭喜孩儿他爹，添了个'带把儿'的！"

胡殿泉三步并作两步扑进房内，看着襁褓里的孩子，高兴得眼泪扑簌簌地往下掉，高兴地笑了："我的儿子哎！"

从头上看，这娃儿长得很出奇，小脸圆圆的、红红的，像只大苹果；他睡得很甜，两只眼闭得紧紧的，像两条线；两根眉毛像两只弯弯的新月。他那张小嘴巴蕴藏着丰富的表情：高兴时，撇撇嘴，眨巴着眼睛；生气时，撅起的小嘴能挂住一把小油壶。

雪停了，整个村庄沐浴在晚霞中（刘德民 摄）

这时候，躺在床上一身疲惫的王美芳忽然想起了什么，向胡殿泉说道："给孩子起个名吧。"

　　胡殿泉还在兴奋之中，挠挠头说："哎哟，差点把这事给忘了。"

　　他看着屋外纷飞的大雪，突然一拍脑袋，兴奋地说："就叫雪麟吧！"

　　女人一脸的笑容，轻轻地说："好，我的儿子就叫雪麟。"

　　自古以来，麒麟、龙、凤、龟被视作祥瑞之兽。

　　"用麟字取名寓意十分吉利。生活中我们常说'凤毛麟角'，其中麟字还有杰出、珍贵的意思呢！"

　　女人刚说罢，屋里突然明亮起来。往窗外望去，云开雾散，夕阳高照，天上白云片片，纷纷扬扬的大雪不知道什么时候停了；几只小鸟飞进院子，扑向窗户，围着门口，叽叽喳喳。

　　邻里纷纷前来贺喜。

　　有人祝贺说：胡家又添了男丁，恭喜恭喜。

　　有人说：珊瑚庄降生了贵人了。

　　有人说：胡家降生个旺家的神童。

　　不过，不管别人怎么说，胡家又添了个儿子，给这个家增添了新的希望，增添了新的快乐。胡殿泉夫妇把这个儿子视作心肝宝贝，几乎寸步不离。

　　雪麟还不会走路的时候，王美芳就带着孩子们去地里割草，去湖边捕鱼，到地里收割庄稼。他们把编织的吊床两头系在两棵树上，把雪麟放在吊床上。溪水潺潺地流着，小鱼欢快地游着，碰到水草被挡住了，用力甩甩尾巴，扑啦啦溅起几朵水花，穿过草丛游到深水区去了。王美芳一边干活，一边逗雪麟玩。摇摇吊床，给雪麟哼哼不押韵的儿歌：

孩儿乖

孩儿娇

孩儿听话快睡觉

风停了

雨住了

黄黄日头出来了

玉帝笑

娘娘喜

一道圣旨

封蟒袍

小雪麟好像听懂了娘的话，转转绒毛脑袋，娘伊，娘伊，叫叫，笑笑；咯咯咯，呱呱呱，声音清脆悦耳。娘用手点点儿子白嫩的小脸，亲一口：乖儿子……歌声、笑声，得胜村里的树，得胜村里的水，得胜村里的动物都听到了。小鸟叽叽喳喳地一叫，小虫、蛐蛐，就跟着叫起来：咕咕咕，吱吱吱……得胜村五队瞬间沸腾起来了。

2. 苦难是人生的"第一桶金"

小雪麟一出世就赶上了国家三年困难时期。

他的童年与少年是在母亲劳累的场景里长大的，至今想来仍历历在目。

小时候的雪麟清瘦，极度营养不良，眼睛弱弱的毫无光泽，每天昏昏欲睡的样子，那都是饥饿造成的。几个月大的时候，光着屁股在床上床下爬来滚去，到了二三岁的光景，就坐在妈妈的背篓里去地里。

妈妈在种地瓜、掰玉米，他就光着腚在地垄里玩耍。

到了懂事的时候，他就光着脚丫，和姐姐做伴，去珊瑚镇上捡人家吐在地上的甘蔗渣，拿回家淘洗后晒干剁碎磨成粉，和着玉米粉搅在一起做糊糊喝。

小小的雪麟，一次能喝两大碗，肚子胀得像青蛙，一泡尿过后，小肚皮又贴成两张饼。因甘蔗粉属干燥习性，喝了特殊的糊糊后，有时拉不出屎来，小雪麟急得直哭。

有时候，他们也会去自留地里拔大蒜苗，在手臂上蹭两下，就着河水就吃，长此以往，姐姐和雪麟的肚子里就有了蛔虫。本来一两颗驱虫药就能解决问题，但王美芳为节约开支，就是不去买，小雪麟急得干瞪眼。听赤脚医生说，川楝子树皮煮了喝下，就能驱出蛔虫，王美芳就采来川楝子树皮煮成汤让他们喝，川楝子汤又苦又涩，雪麟刚喝了一口，就"哇"的一声吐了一地，性急的王美芳就掰开他的嘴使劲地灌下去。

那是一段吃了上顿愁下顿的岁月，三年困难时期留下的后遗症远没有消除。饥饿使得那些被饿得两眼发昏的人，对能吃的东西十分敏感。尤其是在荒春时节，大多数人的眼睛，时刻都会盯着那些可以填饱肚子的树叶、野菜和青草，什么刺棍芽、狗儿秧、灰灰菜、马齿苋、苦麻菜、老婆针、糠桐树叶……几乎都成了像雪麟一样的孩子们的好食物。

在这些野菜青草中，最难以下咽的是糠桐树叶，那叶子实在粗糙得让人难以下咽，勉强吞下去之后，胃里便糙得慌。有时候雪麟宁愿饿着肚子，也不愿吞咽那种拌有糠桐树叶的豆渣或稀饭。

王美芳怕小雪麟饿坏了，就哄他说："这东西虽然糙人，但比观音土强多了，你大哥都是吃着观音土才熬过来的啊！你二哥脾气倔，你看瘦得像个猴子。"

实在饿极了，雪麟和姐姐就盼着槐树早些开花，那是他们心中最美的食物。

每到春天，村头那一片槐树林，花儿绽放，层层叠叠，团团簇簇，洁白如雪，香气扑鼻。于是，每天清晨，雪麟都会早早起床，挎上那只白柳条儿编成的提篮，跟在母亲身后，去摘刚开的洋槐花。

村头的槐树（刘德民 摄）

母亲不会爬树，将一把磨得锋利的镰刀用细绳绑到竹竿的一头，双手高举着，把槐花一串串割下来，生怕折断那一根根枝条。回家后，母亲把摘来的洋槐花用清水洗净，撒上碎盐腌上几分钟，再拌上玉米面或豆面放到锅里蒸，蒸熟后端出，拌上辣椒油趁热吃，那味道真是美极了！

王美芳让孩子们吃槐花的另外一个原因是槐花被历代医家视为"凉血要药"，性味苦凉，无毒，归肝、大肠经，具有清热泻火、凉血止血的作用。孩子们吃了能抗水肿、消炎等。

胡殿泉从镇江回来听说了此事，狡黠地笑了："除了消炎止疼，还能让娃儿们昏昏欲睡。"

原来，槐花还具有麻木神经的功效，孩子早上一旦吃了，就会昏睡一整天，岂不是省去了中午一顿口粮。

过了六月份，槐花就败了，而这时小雪麟和哥哥、姐姐就会去

槐花

挖野菜充饥。一次，小雪麟不小心将一种叫生半夏的药材当作花生芽吃了，顷刻间，小雪麟咽喉不适，舌头剧烈麻木，他用手使劲狂抓舌头，顿时血流如注。当姐姐把他背回家的时候，胸前、背上已浸湿了一片。

看着姐弟俩这副可怜的样子，王美芳抱着他们痛哭流涕，泣不成声。

但倔强的雪麟咬着牙，始终没有哭，反倒安慰母亲："妈妈、妈妈，你别难过，明天我到地里捡麦穗去，兴许能缓解家里的饥荒。"

那时，生产队收割麦子都是手工收割，人们会故意在地里留下一些麦穗，然后再利用空闲的时间去偷偷捡回家。

白居易的《观刈麦》中说："夜来南风起，小麦覆陇黄。"农家孩子对这样的场面太熟悉了。临近麦子成熟时，一阵阵干燥的风，裹挟着火一般的热浪，烘烤着大地，仿佛要把空气也点燃了似的。于是，地面上升腾起一股股烟雾一般的热气；燥热的风掠过麦田，仿佛一夜之间，原来有些发青的麦穗，就变黄变干变硬了。当阵阵麦浪随风摇曳之时，空气中便多了麦子成熟的味道；烫人的风，扑面而来，炙烤着人的全身，热得让人胸口发闷。但庄稼人却满心欢喜，因为收获的时节到了！

这个时节，村支书会带领各个生产队长在麦田转悠，摘几个麦穗，用手揉搓掉麦壳，再用嘴轻轻一吹，手掌里就只剩下麦粒了。他们会观察麦粒的颜色，同时放在嘴里嚼几下，以确定麦子的水分和成熟程度，然后，麦子收割的时间大体也就定了。

接着，村里的大喇叭开始广播了，支书扯着嗓子安排割麦子的时间，社员们支起耳朵认真地听着。割麦子绝对是个重体力活，有句民间俗语说"女怕坐月子，男怕割麦子"，可见在没有农业机械的年代，割麦子是个极其劳累的体力活。

王美芳早早就跟着社员下地割麦子了，到了下午，捆成了一坨坨的麦子被拉到了打谷场。

这时，小雪麟就和村里的小伙伴们飞也似的跑进麦田里开始拾麦穗，全然不顾麦茬扎疼了脚。

六月的风吹过，热熏熏的，烘烤着全身，像在蒸笼里一般。汗水滴滴答答从小雪麟的脸上流下来，痒痒的。流进眼睛里，像被蜜蜂蜇了似的有点疼。流进张开的、大口喘气的嘴里，感觉咸咸的。

大家谁也不想落后，两手并用，同时眼睛看着临近的小伙伴，争先恐后地捡，捡的分量也不能差太多，那会很丢人！匆忙间，雪麟被麦茬扎疼了脚，扒拉一下不在乎，不一会地面有了血迹，低头再看时，脚面已经在淌血珠。不打紧，有小伙伴过来用野菜的叶子给擦擦血迹，然后抓一把土往伤口上一撒，瞬间止血！

在地里时间久了，雪麟感觉有些腰酸腿疼，站起身，回望后方，不知不觉中，已经捡了很长的地块了。看前面，小蝴蝶上下翻飞，落在一株野花上，埋头采花粉，雪麟拢起两只手掌想抓住它，蝴蝶舞动翅膀，打了一个旋，飞走了；蜥蜴在脚下一闪而过，他们管蜥蜴叫"机灵虎"或"地出溜"，是根据它敏锐的触觉、快如闪电的速度、快速晃动头部的特点来命名的。它停在那里，脑袋不停地转动，以观察四周，一旦有动静，就会蛇形走位，飞速离开。

突然，旁边响起大人们的一声声惊呼，雪麟和小伙伴们连忙跑过去，只见本家大伯手里攥着一条老长老粗的蛇，他一只手捏住蛇头，一只手掐住蛇尾，蛇在他手里来回扭动，围观的人发出一阵阵惊呼。大伯说，他在收麦捆的时候，刚把一大捆麦子扛在肩上，突然觉得有个凉飕飕的东西钻进脖领子，沿着后背滑下来，一看是条大蛇。大伯笑着说，幸亏他不怕蛇，不然非给吓着不可。蛇喜阴，也是冲着麦捆下的一点点阴凉才躲在下面的。大伯离开麦地远一点，把蛇放到一片草丛里，蛇瞬间跑没了。

队长一声令下，小雪麟和大人们一起收工。大人们捆扎好麦子，搬到排子车上拉走。雪麟就和姐姐把刚捡到的麦穗收拢起来，放到绳子上，两人使劲拽住绳子一头，同时一使劲，用绳子把麦子扎牢。而此时，胳膊和手上早已被麦芒扎了很多个小红点，痒得不行，有的麦芒还刺进了皮肤里，就赶紧拔下来，然后背起麦捆回家。

贫苦和饥饿，一直伴随小雪麟度过了童年和少年时代。如果没有那些果腹的槐花，他真是不敢想象，自己到底能不能熬过那段贫穷饥饿的蹉跎岁月。

好在母亲王美芳是一位朴实能干而又逆来顺受的农村妇女，她精打细算，把每一粒米、每一分钱，都用得恰到好处。虽然日子很贫穷，但是在母亲的精打细算之下，雪麟和三个哥哥、一个姐姐，能够坚强地活下来。她在家里用最简单、最质朴的举动启蒙着雪麟，使得他小小年纪就已经懂得立身做人的道理。

一年的除夕之夜，雪麟得到了两分钱压岁钱，这对于雪麟来说，简直是如获至宝。这两分钱可以买到他最喜爱的麦芽糖了，可到了镇上，他东转转西瞅瞅，还是买回来一盒火柴。

当母亲看到雪麟小小手心里攥着的新火柴时，喜极而泣，一把把雪麟揽进怀里，喃喃自语道："我家毛娃出息了，我家毛娃出息了。"

生活原本就不是一帆风顺的，苦难根植于人类的漫长历史，也深入到人的心灵中。如果你坚强地走过困境，勇敢地战胜苦难，你就会惊讶于自己的忍耐和伟大。

漫漫人生路，再成功的人也要经历困难的磨炼，也许，你需要经过大浪的洗礼，才能到达海的彼岸；也许，你需要经受夏日炙热的照射，才能迎来丰收的秋季；也许，你需要经受冬季刺骨冰冷寒风的冲刷，才能迎来春暖花开；也许，你需要忍受大漠的荒凉干涸，才能接受绵绵细雨的滋润。

3. 梦想从小学堂启航

再苦也不能苦孩子，再穷也不能穷教育。

珊瑚庄得胜大队的干部也是这样认为的。于是，大队的干部商议，在人口比较集中的五队建了一所小学校。

说起来是所学校，实际上是由生产队的一座仓库改造而成，土墙土房土地面，教室的桌子是用水泥板和砖块垒砌的，学生要自带小木凳。没有经费，教室里没有照明设施，教室的窗户也没装玻璃，冬季为了御寒，老师只好用废弃的塑料布将窗户一块一块地蒙上，四周再用小图钉固定。学校的操场是泥土地。操场上，有一副篮球架，还有两张乒乓球案子。篮球架是村上木工做的，高年级男同学一投篮，篮球架就咯吱咯吱地响；乒乓球案是水泥板和砖块砌成的，案子当中用几块横着竖起的砖块隔开，权当是球网。学校的体育器具也就是篮球、乒乓球、竹标枪、铁铅球、木柄手榴弹这几样，少得可怜。一遇到连阴雨天，同学们只能眼巴巴地看着积水没膝的操场，十多天甚至个把月都上不了体育课。

8 岁的姐姐在此开始了学习生涯，而无人照看的 6 岁的雪麟就随姐姐去"蹭"学。

胡雪林当年就读的小学

　　"叮叮叮——"上课的铃声响了，孩子们如飞鸟般地钻进教室，光屁股雪麟就坐在门槛上，咿咿呀呀地跟着学起来。

　　小学的刘长根老师快满 40 岁了，脸上的神情像他衣着一样单调，总是严肃得近似于古板。说来也怪，这样一位没有笑容的老师，讲的课却很受孩子们的欢迎。尤其是"蹭"课的雪麟，听得几乎入迷。不仅入迷，还入心入脑。

　　一日，刘长根老师正在高声提问："5+3 等于几？"

　　"等于 8。"还没有等到学生回答，坐在门槛上的雪麟就应声答道。

　　刘长根老师瞅瞅门外，不由地一愣。

　　"8-3+4 等于几？"刘老师好像要故意考考大家。还没等大家反应过来，雪麟就高声嚷道："我会！"一时弄得满堂哄笑。

"这光屁股娃儿是谁家的？"有人说是胡殿泉家的，有的说是王美芳家的。刘老师说，不管是胡殿泉家的还是王美芳家的，都是他们一家的。从此，刘老师的心里就烙下了小雪麟的印记。

大约过了一周时间，刘老师来到雪麟家家访。老远就见雪麟立在院子中央，便兴冲冲地喊道："你叫啥名呐？"

雪麟红着脸说："我叫胡雪麟。"

进了屋堂，见到了王美芳，刘老师劈头就问："美芳，你娃儿这么聪明，咋不让他去上学哩？"

王美芳回答得很干脆："念不起呀！"

刘老师一听就光火了："你就是个鼠目寸光的人，娃儿不上学，就永远走不出这个穷窝窝。你看看，四队的李德宝考上了镇江师范专科学校，一下子就成了城里人，吃上了'皇粮'。娃儿不上学，就只能永远在家啃地瓜。"

经刘长根老师这么一点拨，王美芳脸上火辣辣的，也动了心，便答应了老师的请求。

进了学堂的小雪麟犹如鱼儿游进大海、鸟儿飞进森林，无法抑制欢悦的心情，整天笑哈哈、乐呵呵。可甘蔗难有两头甜，自从雪麟进了学校后，他的姐姐就辍学了。为此，姐姐眼睛哭肿了好多次。每每想到当时姐姐做出的牺牲，胡雪麟总是万分愧疚。

年少的雪麟在小学里的生活过得有滋有味。在班级里，小雪麟身材瘦瘦的，个子又高高的，穿一身灰色的布衣，倒显得小巧玲珑，虽然貌不出众，一双眼睛却十分有神，引人注目。每天上午，刘老师都要检查学生的背诵，与小雪麟一起念书的同学们都紧张得不得了，小雪麟却规规矩矩端坐着，一点儿不紧张，环视着那些比他高半个头的同学，又好气又好笑。

刘老师对雪麟也是千分喜欢万分宠爱，不仅教课本上的知识，还额外给他"开小灶"。

小雪麟对念书从不厌烦，他把背书当作游戏，总也玩不够。20世纪六七十年代的教育方针强调"思想政治挂帅""培养又红又专的革命事业接班人"，因此学校对思想政治教育极其重视。小学低年级时就背诵毛主席语录，学习报刊社论文章。学校开展的思想教育活动也很多，如忆苦思甜、学习雷锋、学工学农学解放军等。各个科目的教材内容和教学活动也和政治紧密结合，读拼音学汉字、造句作文、做算术应用题、解释自然现象、学唱歌曲等，无一不打上政治烙印。

小雪麟非常有悟性，背诵毛主席语录时滚瓜烂熟，朗朗上口，信手拈来。那时的纪律教育抓得紧，注重班风班纪、校风校纪建设，实行近乎半军事化管理。小雪麟个子高，二年级时就当起了领队，指挥同学们列队、报数、点名，然后喊着响亮的口号，整齐地跑步进入操场。

那时紧跟形势开展的活动也多，唱歌比赛、文艺表演、儿歌朗诵会、体育运动会、体操表演、队列队形训练，等等。活动丰富多彩，但又井然有序。教室里充满琅琅的书声和嘹亮的歌声，偶尔也有争吵哭闹，但很快就喜笑颜开、和好如初；操场上时常传出欢乐的笑声和整齐的脚步声，尽管光脚穿着的解放牌黄胶鞋，前面露出了大脚趾，鞋底都磨透了，但步子依然刚劲有力。

20世纪六七十年代，"办学办到工厂里，办学办到田野里"，胡雪麟读小学时就曾被老师带着参观过乡上的农机修配厂和养猪屠宰场，还下地学过锄地、收棉花。学校也曾开设"农业基础知识"的课程，主要传授一些农业生产基本技能，他因此学会了果树嫁接

20 世纪六七十年代，"办学办到田野里"（刘德民 摄）

技术。当时的乡村中小学，每年除了放暑假外，还放忙假和秋假。三夏大忙、龙口夺食，孩子们要帮生产队站岗放哨，看守麦场，防火防盗。

在小学的五年时光里，胡雪麟是快乐的、有趣的，除了每天忍受饥饿外，大多数光阴是充满孩提时代的情趣的。

在他的记忆中，小时候的冬天比现在冷，就像《数九歌》中所说的：一九二九不出手，三九四九冰上走。

到了数九寒天，小河里的冰结得很厚，他和儿时的伙伴伸出冻得像红萝卜似的小手，拿砖块敲击结冰的河面，那时，他和小伙伴们最喜欢听冰开裂时发出的吱嘎声响。把冰面敲开后，他们拿起冰块用力一甩，冰块在空中划出一条美丽的弧线，然后落在像镜子一样的河面上，吱溜溜滑出去老远。

天实在太冷了，小雪麟就和哥哥、姐姐坐在自家小屋东侧的柴垛旁晒太阳，这时母亲就会端来烘缸让他们轮流取暖。所谓的"烘缸"就是一个石盆，里面放着从灶膛里取出来的带火星的灰，上面再放点砻糠，让它们慢慢燃烧。他们就将小手轮流放在上面，手心焐暖了焐手背。在烘缸里，母亲还为他们放一些自家地里种的蚕豆、扁豆、黄豆等，他们一边焐手一边高兴地听着烘缸里面噼噼啪啪的声音，然后便美美地享受这香喷喷的豆子。吃饱了，手也暖和了。

在贫穷的童年生活里，他们自己寻找着乐趣——打谷场上的草堆里过家家，雪地里捕麻雀，草地上逮蚂蚱，河塘里捉鱼摸虾……这时的胡雪麟就是孩子王。小时候，他常常带着村里的小伙伴玩"打仗"，与邻村的孩子对峙。逞勇斗狠时，他一向冲在最前面；打

河塘里捉鱼摸虾的孩子（刘德民 摄）

不过别人逃跑时，他又主动断后，边打边退。若是哪家的父母领着被打的孩子找上门，作为"领头羊"，他主动给别的孩子当替罪羊。妈妈非常生气，操起木棍就追着小雪麟打，边打便呵斥："我让你当头，我让你当头，你个不争气的东西！"每当此时，小雪麟就满村跑，弄得左邻右舍鸡飞狗跳……

冬去春来，一晃十多年过去了。从小学到初中，再从初中到高中，胡雪麟的书越念越好，越读越精，眼界也越来越宽。而他的名字"雪麟"，不知不觉中改成了"雪林"，原来，他嫌"麟"字笔画太烦琐。

是雄鹰，就应搏击长空；是猛虎，就应呼啸山林；是蛟龙，就应遨游大海。

胡雪林将要走出珊瑚庄，去一个新的天地，试试他的翅膀。

4. "城市山林"谋生

镇江是江南文化名城，已有3500多年悠久的历史。据出土文物及史籍考证，镇江西周初期为宜侯封地所在。故此，镇江先后被称为"宜""朱方""南徐""丹徒""京口""润州"，直至北宋以后，方才更名为镇江。

镇江风光旖旎多姿，具有真山真水的独特风貌，向来以"天下第一江山"而名闻四方。金山之绮丽，焦山之雄秀，北固山之险峻，丰姿各异，人称"京口三山甲东南"；南郊有鹤林、竹林和招隐三寺，这里山岭环抱，林木幽深，又延伸入城，被誉为"城市山林"。镇江不仅自然风景见长，而且文物古迹星罗棋布：享誉千古

城市山林牌坊

的金山江天禅寺、久负盛名的焦山碑林、别具风情的宋元古街、精巧独绝的过街石塔、隐于苍松翠柏中的昭明太子读书台、雕塑珍品六朝陵墓石刻等,记下了这座古老城市的漫长足迹,也吸引了无数古今中外的文人墨客。

镇江是胡家的福地,胡雪林的父亲早年到镇江当学徒,出师后在镇江谋生。

"父亲是我人生的第一位老师,对我影响很大。"胡雪林直言道。

原来,胡家也是早先从外地迁入泰兴珊瑚庄的,家境十分贫困。为了谋生,胡雪林的父亲只身一人来到镇江市猪鬃制裘厂当学徒。

一开始,厂长并没有"善待"他父亲。第一年当学徒,厂长只是让他父亲做一些简单的杂工,比如整理货品、挑水、打扫卫生等,而且只让他吃一些剩饭剩菜。胡雪林的父亲没有吭声,默默地做完

镇江西津渡的民居（刘德民 摄）

厂长交代的工作。哪知道，到了晚上，还有更苦的事情等着他，厂长要求他对着镜子不断地练习走路姿势，如何对客人鞠躬，如何说话，还有如何对客人微笑，并要求他每天都练习。到了第二年，胡雪林的父亲把这些事情做得很熟练了，想着再苦也不过如此吧，厂长却给他安排了其他的活儿，让他步行去乡下卖货。胡殿泉没有反对，作为学徒，他只能听老板的，从不擅长卖货到逐渐擅长，他逐渐能放下面子、拉下脸皮，渐渐把货卖出去。整整一年，胡雪林的父亲就是这样度过的。到了第三年，厂长才安排他父亲在车间里正式上工，从最基础的工作做起。第三年结束后，厂长把他父亲喊到办公室说："从今年开始，你就担任车间的主任吧。"

　　胡雪林的父亲简直不敢相信自己的耳朵。随着工资的不断上涨，他才恍然大悟，原来，厂长是在锻炼他的心志和身骨，胡殿泉由此对厂长感激不尽。

"一个人在年轻时吃点苦并不算什么，那是我们必须经过洗礼的人生过程，假如我们能吃得苦中苦，在做事中能不断地锻炼自己的心志和习得吃苦耐劳的精神，那么我们离成功就不会太远。你所有的努力，将会在后来的人生中都得到回报和馈赠。"胡殿泉常常用自己的人生经历教导胡雪林。

每个男孩的面前都站立着一个强大的父亲。父亲既是现实意义的，又是精神层面的。男孩征服自己的欲望都是从战胜父亲开始的。

儿时，胡雪林喜欢与父亲掰手腕，总是幻想着父亲的手腕被自己压在桌上一丝不能动弹，从而在虚幻中产生满心胜利的喜悦。可是，事实上胡殿泉总是轻轻一转手腕就将胡雪林的手腕压在桌上，他干这些事总是轻而易举，像抹去蜘蛛网一样轻松，直到胡雪林面红耳赤、欲哭无泪，他这才心满意足，收兵罢休。胡雪林本想得到父亲的安慰，可是胡殿泉每每都将他"教训"一番，指着门前的一棵树说道："臭小子，你想跟我较劲，除非你能将门前的那棵树掰弯。"

于是，胡雪林从 10 岁就开始和那棵树较上了劲，一直掰到 16 岁，开始那棵树纹丝不动，后来树干摇晃、树叶纷飞。直到有一天，胡雪林竖起胳膊，意外地发现自己瘦如丝瓜的胳膊上竟长出了肱二头肌。胡雪林喜出望外，在一次晚饭后，他庄严地向父亲发出挑战。父亲也不甘示弱，就在饭桌上摆开了战场。胡雪林一点一点地将父亲的手腕压下去、压下去，眼前就要胜利在望，顷刻间，父亲故伎重演，最终又将胡雪林的手腕压了下来。

虽然胡雪林再一次落败，却意外地得到了一个惊喜。原来，1979 年年初，改革开放开始慢慢起步了。不久有传闻，说子女顶替父母工作职位的就业政策将发生变化。那年 58 岁的父亲得知消息，便和妻子商议，决定提前退休，让胡雪林到镇江顶替他的工作，这样子女就可以迁移户口了。

1979 年 5 月，从小并没有多大的人生理想，也没想过一生要干出什么惊天动地大事情的少年胡雪林，背着一个挎包兴冲冲地来到镇江，成了城里人。

那是他人生的第一件大事，也是他第一次离开家，第一次离开珊瑚庄得胜大队，第一次离开泰兴。

那时的镇江，轻工业相对发达。胡雪林起初在父亲工作过的工厂当学徒，过了几个月，又调到同属镇江市二轻局系统的皮革厂，在磨革车间还是当学徒。

从这时起，胡雪林的生命开始发酵，逐渐闪现光彩了。

皮革厂不大，只有三四百人，属于大集体性质企业，专做皮革服装产品。磨革车间的工序是把牛皮羊皮打平，把粗糙部位磨光滑，再送去进行下一道工序，鞣制加工成可以裁剪成衣的皮料。这活很苦很累很脏，胡雪林秉承了农村孩子吃苦耐劳、踏实能干的特点，又有文化，学得很快，先后跟了三个师父，糅合他们各自的手艺长处，不久便脱颖而出，成了生产骨干，24 岁这年当了磨革车间的主任，手下管着 30 多名老少爷们。

又干了两年，皮革厂的老厂长认准这年轻人是个可造之才，决心重点培养，就把胡雪林从岗位上抽出来，脱产去读电视大学。

当时电视大学的学制是 3 年，是国家承认的大专学历。如果胡雪林按部就班读下去，读完 3 年，毕业后厂里肯定会给他安排一个高于车间主任的位置，然后副厂长、厂长地干着。经济转轨体制改革，如果能顺水顺风顺势的话，二轻局系统的企业重新洗牌，兼并组合，他也有可能成为什么集团公司、股份有限公司的总经理呢。

但胡雪林的眼光没有那么远。电大学了一年多，他向厂里提出退学要求，车间主任也不当了，回磨革车间，继续当一名普通的磨革工人。

老厂长摇着头惋惜：年轻人，经不起诱惑啊！那时已经到了1987年，诱惑来自正在蓬勃兴起的市场经济大潮。

胡雪林的性格开朗直爽，性情中人，跟他交往，不用费心思去琢磨他，很轻松，你做得不好，他对你不满，马上就表现出来；如果你做得好，他也会毫不吝啬他的赞美之言。

这样的人，往往朋友多，而且爱交朋友。胡雪林的朋友就很多。

胡雪林一个人从苏北泰兴的农村进了镇江，城里没有亲戚，没有同学、乡亲。但几年下来，厂里厂外，他有了一个很大的朋友圈。皮革厂没有干部子弟，有点门路的人也不会进这样的单位。胡雪林的朋友都是生活在社会最基层的人，无钱无势，他也一样，帮不了别人的大忙，但出力的活、跑腿的事，只要一打招呼，他就帮着去干，很热心，人缘就好。

他那时一直住在厂里的集体宿舍。20世纪80年代初，镇江城西门外增开了一个长途汽车站，离皮革厂的单身职工宿舍不远，于是周边就相应地出现了许多个体开的小卖部、小饭馆、小旅店。

脱产上电大后，胡雪林的空闲时间多了，就有开小饭馆、小旅店的朋友经常喊他帮忙，去长途汽车站举个牌子招揽客人，接到客人就带回朋友的小饭馆吃饭、小旅店住宿，按照行话，那叫"揽客"，雅点的就说是"高迎远接"。

胡雪林是义务给朋友帮这些忙，但朋友给他要付报酬，起初他不肯收。但时间长了，见得多了，他动心了，也就是老厂长说的，经不起"诱惑"了。

这时候胡雪林进城已经 8 年了，该找对象了。周围的朋友结婚成家，连租房带购置一些必需的家具，少则几千块钱，多的得上万元。他每月工资 32 元，去掉十几块钱的生活费，逢年过节再给父母寄一点，每年也就只剩下一两百，实在剩不了多少。他得认真考虑赚点钱了，否则连媳妇都娶不起啊。

于是，脑子活泛的胡雪林开始在汽车站周边转悠，碰碰运气。

正好，听说有家小旅馆不想干了，打算找人承包，胡雪林听了听对方开出的条件，直接找上门去，把这个活揽了过来。

小旅馆是一座两层小楼，32 张床位，位置偏僻些。胡雪林接了手，退了学，就这样风风火火、大张旗鼓地干了起来。

一开始，生意并不如他想象的那样火爆，就像一杯温暾水不温不火。

胡雪林开始上火了，每天茶饭不思。

过了些日子，他接受朋友的建议，在小旅馆门前摆了张台球桌，打一局收五毛钱。又过了一些日子，他听朋友说，三五、良友、万宝路这些外烟在苏北很紧俏，他就到常州的孟河镇去进烟，坐长途汽车带到金湖、涟水那边，一趟来回能净赚上千元。又过了一些日子，他开了一家火锅店和一家大骨头汤店。小旅社、火锅店、大骨头汤店三处，他共雇了 10 多名大工和小工。

电大不读了，车间主任不当了，但胡雪林在皮革厂的工作并没有辞，他还在继续上班，不图这份工资的那几个钱，铁饭碗不能轻易丢。厂里三班倒，他要求上大夜班，每天的零点到早上八点，别人都不愿上这个昼夜颠倒的班，正好给了他。皮革厂为大作坊式的生产，磨革车间每人每班定量 300 张皮子，保质保量完成就行。胡雪林的手艺好，会干活，只要机器不出毛病，两个多小时他就把活干出来了，然后找个角落，裹张毯子一躺，补觉。

胡雪林年轻时就脑子活泛。为了搞活旅店生意，他就悄悄去汽车站购买靠前的座位票，只要到他的旅馆住宿，他就把靠前的座位票换给旅客，因为前排座视野开阔，大家都喜欢，这使他旅馆的生意渐渐红火起来。

镇江丹徒有一家企业生产豆浆机，苏北很多老百姓坐长途汽车过来采购，但当时的豆浆机比较笨重，汽车站不让托运，老百姓坐在马路边干着急。胡雪林一看，觉得生意来了，便和汽车站托运部的人拉关系，帮助苏北的老乡搞起了托运，这些苏北老乡个个感激不尽，纷纷到他的旅馆住宿。一年下来，去掉承包费、租金和各种费用，胡雪林的旅馆纯收入 8 万多元。最多时，他手里攥过 15 万元。那时"万元户"就不得了了，8 万元和 15 万元，大约相当于如今 80 万元和 150 万元。

做生意的人讲究"第一桶金"，许多千万富翁、亿万富翁，就是靠着 80 年代末 90 年代初赚到的三五万元，然后滚雪球一层一层滚出来的。

巴菲特有一句著名的话："人生就像滚雪球，最重要的是发现很湿的雪和很长的坡。"

著名企业家、步步高集团董事长段永平对这句话也做过精准解释:人要做正确的事，坚持长期价值最大化。

"做正确的事"是认识自己，"坚持"是积累自己，"价值最大化"是实现自己。

胡雪林当时还是初出茅庐，当然还不清楚如何才能将自己的"价值"最大化。

但一次意外的配合，让胡雪林的"价值"大放异彩。

5. 天降大任

镇江不大，截至 2018 年，总面积不到 4000 平方公里，人口 320 万左右。由于长江从西向东而来，京杭大运河自北往南而下，在这里形成十字交汇的中心点。

早在隋唐年间，镇江就是贯通京畿与江南地区的水陆大码头，水上航运、陆路交通十分繁忙。近代，津浦铁路贯通后，京杭大运河的漕运地位下降，镇江一度沉寂。但 20 世纪 80 年代市场经济兴起后，这里再次成了从江南到江北，江北下江南的人们来来往往的枢纽之地。

那时候，各行各业都在苏醒，扒手也悄然出现。

因为开了旅馆，胡雪林每天都要到长途汽车站揽客，经常看到上车下车的旅客失窃。经济状况好的，钱财丢得少的，这样的人扯着喉咙喊几声，咒爹骂娘地扯一阵子也就算了。经济条件差的，钱全丢了的，这样的失主哭得天昏地暗、死去活来，怎么劝也劝不住。尤其是那些带着家里仅有的一些积蓄或者借的钱出来看病、办事的，在镇江转车还要去别处的，没了钱吃饭、住店、坐车、看病、办事的，鼻涕眼泪横流，躺在地上打滚，寻死觅活，实在令人不忍目睹。

胡雪林长得五大三粗，心肠却很软，打小父母、哥哥、姐姐就教他不许欺负人，不许破坏别人的东西，总之就是不要做任何害人的事。

看着那些受害失主的惨状，他很同情，就摸摸口袋，兜里有几块钱就掏出几块钱，有几毛钱就掏出几毛钱，帮那些失主救救急。

一般人，见多了也就麻木了。但胡雪林不是，这种事越见得多，他越觉着小偷可恶，小偷害人。而且一大群人站在旁边看热闹的，说不定小偷就站在里面，但谁都不认得，无可奈何。一想到这一点，他就气得鼓腮帮，恨得锉牙根。

不过直到这时，胡雪林也还没想过自己要去抓扒手。

转眼到了 1988 年 2 月 16 日，农历还在正月里，他照常去长途汽车站揽客。

农村老话说"冬至在月尾，寒冷在正月"。这一天，天气真是太冷了。虽然车站里有暖气，但是冷风还是透过窗缝钻进来，让人感觉背上像有冷水在浇。外面的雪又开始下起来，一大团一大团地互相簇拥着往下滚。许多旅客望着窗外漫天的大雪，眉头紧锁，没有一点回家过春节的喜悦。

20 世纪 80 年代的候车室

这时，一辆从淮安来的长途车进站，胡雪林举着牌子，一边走一边吆喝："住店啦，吃饭啦，干净卫生，价格公道……"

　　突然，有个人闪电般凑过来，用肘拐捣捣他，低声说："大个子，我是公安局的，你帮我个忙。有两个小偷，待会儿我上去的时候，你帮我抓一个。"

　　胡雪林一看，这人30岁出头，个子不高，跟他说着话，眼睛却不看他，正若无其事地望着前方下车的人流，一副很神秘的样子。

　　他没当多大个事，说："行，小事情，我帮你抓。你说抓哪个？"

　　那人就用眼光指示给胡雪林，一高一矮两个人，其中高的那个身量与胡雪林差不多，却看不出他们与别的旅客有什么不同。

　　两个人往人群那边凑，胡雪林还是边走边吆喝着。不知道发生了什么事情，公安局的那人就忽然叫道："抓，你抓那个高的!"一下子朝前扑去。

　　胡雪林把举着的牌子一甩，冲着那个高的紧跟着上去了。他也不知道自己是怎么弄的，仗着身高力大，三下两下就把那个高的掀翻在地，膝盖头紧紧把他压在地下。

　　公安局这人掏出一副手铐，咔嚓，各拷了两个小偷的一只手。

　　此时的胡雪林非常好奇，想看看小偷到底偷了什么，往高个的扒手身上一摸，掏出老厚一沓子10元纸币来。

　　就在这时，一个令胡大个子胡雪林终生难忘的情景出现了。

　　一位60多岁的淮安老大爷，趔趔趄趄，晃晃悠悠，像喝多了酒一样，神情恍惚地朝他奔来，嘴里还咕咕哝哝念叨着什么，到了胡雪林的面前，扑通跪在地下，向他磕起头来。

　　胡雪林定睛一看，眼前这老头脸颊塌陷，肤色白如鱼腹，看不见一点血色，寿眉低垂，眼边的纹路多如皱纸，目光浑浊而迟钝，弓腰驼背，蜷缩在地上。

胡雪林哪里见过这阵仗，慌忙把老人家扶起来。

从老头含混不清的哭泣和诉说中，胡雪林得知，他的老伴得了食管癌，全家东拼西凑，带了3200块钱，搀扶着老伴来镇江的三五九部队医院治病，下车时，发现明明绑在内腰裤里的钱包不翼而飞，老头浑身颤抖起来，像半截朽木立在原地，一时不知所措，老两口子死的心都有了。

老头把大个子胡雪林当作公安局的人了，一个劲地叫他"恩人，警察恩人啊"。

胡雪林拉着真正的公安局的那人，一个劲解释："老人家，不是我，哎呀，不是我，是他，他叫我抓的。"

公安局的那人带着两个扒手和老两口去派出所，胡雪林没有跟着去，那时他连派出所在哪里都不知道。但这一天，他一直心神不

20世纪80年代的公共汽车

定，心里老是想着那两个扒手和可怜兮兮、神经受了极大刺激的老两口，心想，这些小偷太缺德了，救命的钱他们也敢偷啊。

第二天中午，胡雪林又在长途汽车站看见了那个公安局的人，主动上去搭话。那人说他名叫田野，不是警察，是镇江公安局专职做反扒工作的职工，每天的任务就是在汽车站、火车站、商场这些人多的地方转，发现小偷就跟着，见他们一作案就抓起来。

还有不是警察却专门搞反扒工作的人？

胡雪林很好奇，就请他吃午饭。那时吃饭简单，两人都不喝酒，小饭馆要一荤一素两个菜、一个汤、两碗米饭，四五块钱的事情。

"田大哥，你那天是怎么看出那俩家伙是小偷的？"

田野就开始摆龙门阵了："小偷的眼神和衣着都跟常人有明显的不同。"

"哦，这里学问还挺大？"

"你可以留心观察，小偷的眼神总是在别人装钱包的口袋上溜来溜去。平常人怎么会特别留心别人放钱包的地方？还有，小偷穿的鞋子大多数为运动鞋或休闲鞋，不求好看，而是为了便于逃跑。小偷身边一般会背一个空包，或者胳膊上夹一件衣服，或者手里拿几份报纸，这些都是小偷用来掩护自己把手伸进别人口袋的道具……"

神聊海吹了两个多小时，后面的故事让胡雪林更加意犹未尽。听田野讲，抓小偷还能改变身份，成为一名人民警察。

田野说，警察是"猫"，小偷是"鼠"，猫抓老鼠的游戏上演了上千年。在这个黑与白的舞台上，兵贼斗法，各显其能，小偷神不知鬼不觉地偷，警察不动声色地抓，各色人等粉墨登场：猫这边有"拼命三郎""小李飞刀""神眼王五"；鼠那里是"公交贼王""漂亮哑女""白发老妪"，你我每天都在演绎着比《天下无贼》更精彩的大戏。在这场猫鼠大战中，有一些战绩卓著的平头百姓走上了警察的道路……

田野讲得出神入化，胡雪林听得目瞪口呆。

警察在胡雪林的脑海中那是一个高大、威武的形象。

每个人都有一个警察梦，尤其是在我们小时候，英姿飒爽的黑猫警长，是陪伴无数人走过年少时光的正气英雄，点燃了多少孩子童年时的警察梦。小时候百玩不厌的游戏就是警察抓小偷，在小伙伴中，黑猫警长永远是正义的化身，有着打不完的子弹，用不尽的武器，是将坏蛋们统统抓住的超级战士。

此时此刻，胡雪林热血涌上心头，对田野说道："我要拜你为师，有时间再请你吃饭!"

说完，便走出饭店，一溜烟消失在来来往往的人流中……

6. 初试锋芒

自从有了和田野的一次坦诚对话，胡雪林好像着了魔一样，整天神情恍惚，夜不能寐。脑海里常常浮现出"猫鼠搏斗"的身影。

一天晚上，他照例无法入睡，烦闷之余，随手拿起一本《法制导刊》胡乱翻了起来，不看不知道，一看吓一跳。一篇《东北大盗黄庭利被枪决》的报道让他百读不厌，这篇报道讲述的是，在 20 世纪 80 年代，东北大盗黄庭利流窜中国 17 个省，偷窃各种金银财宝无数，以他为"魁首"的盗窃团伙曾一度超过 150 人，他也是新中国成立以来因犯盗窃罪被判处死刑的第一人。

黄庭利，一次意外事故改变了他的人生。

俗话说："幸福的人生千篇一律，不幸的人则各有各的不幸。"

在人生的前 20 年里，黄庭利虽家境贫寒，生活过得十分辛苦，但他也像当时绝大多数的老百姓一样，本本分分，靠着在黑龙江卖劳力、做农活养活自己，平平淡淡地过了很多年。

但就在黄庭利以为自己的一生将这样过去时，命运却跟他开了个天大的玩笑。

1976 年的一天，黄庭利像往年一样，怀揣着一年辛苦做农活挣来的钱和一些礼品，登上了从黑龙江南下山东老家的火车，准备回家过年。

当时社会经济并不发达，尤其是铁路运输系统还相当落后，那时候的列车不仅条件脏乱差，更是各路小偷、盗贼作奸犯科的重灾区。

黄庭利刚上车不久，就惊愕地发现自己揣在兜里回乡孝顺父母的钱不翼而飞了，不用想都知道，自己是遭贼偷了，焦急万分的黄庭利也顾不上其他，在各个车厢来回乱窜，想把偷他钱的人找到。

临近过年，列车上异常拥挤，从一个车厢挤到另一个车厢十分困难，甚至需要扒车窗才能过去，但丢钱急了眼的黄庭利可顾不得这些，灾祸也就在这时降临了。

扒车窗的黄庭利一个不小心就从列车上掉了下去，一条腿直接就被卷入了车底，随着撕心裂肺的惨叫，黄庭利的腿直接被火车轧断了。

遭此大难，黄庭利性情大变，曾经那个老实巴交的农民变成了满腹怨气的泼皮无赖。

为了给自己讨回"公道"，他多次到哈尔滨火车站闹事，火车站负责了他全部的医疗费用，还花钱为他安装了假肢。

但黄庭利并不满足于此，因为身体残疾导致无法工作，他隔三岔五就会到车站闹事。

出于对黄庭利的歉意，以及为了维护车站的秩序，每次黄庭利过来闹事时，车站都会或多或少地给他一些钱作为补偿，这让黄庭利尝到了不劳而获的甜头。

因为经常在车站附近停留，黄庭利也渐渐注意到了长期活跃在车站里的一个群体，也就是当初导致他跌下火车落下残疾的罪魁祸首——小偷。

与别人想象中仇人相见分外眼红的场景不同，此时已经习惯了不劳而获的黄庭利不仅不再憎恨他们，相反，他还对小偷这个行当产生了浓厚的兴趣。

因为他觉得，偷东西来钱快，比当初务农种地强了百倍，而且自己残疾后没有一技之长，在社会上也难以生存。

在下定了决心后，他在哈尔滨火车站落下了脚，成了长期盘踞在车站的扒窃团伙中的一员。因为他断腿残疾，人们对他的防备没那么强，反而使得他连连得手，很快就在这个团伙中混出了名。

而这时，团伙里很少有人再叫他黄庭利的本名，取而代之的是道上的诨号"黄瘸子"。

因为他偷东西屡屡得手，动了别人的奶酪，黄庭利也招来了一些同行的嫉妒和打击，有一段时间，甚至有"贼头子"扬言，只要黄瘸子还敢在车站偷东西就打断他另一条腿。

深感势单力薄的黄庭利决定去外面闯闯，找找机会，而在某地，他也有了一次奇遇。

一天，黄庭利在当地的一个市场盯上了一个"猎物"，而正当他准备下手时，却遇到了一个竞争对手，一个老头后发先至偷到了钱包，手法和速度奇快，比黄厉害了不知道多少倍。

意识到自己遇上了"高人"，黄庭利磕头便拜，想要拜老头为师，起初老头并未同意，但架不住黄庭利的软磨硬泡，最终老头同意收他为徒，并对他倾囊相授。

两年之后，贼老头因病去世，此时的黄庭利已经习得了一身偷窃的本领，也有了重返哈尔滨的底气。

屠龙者终成恶龙。黄庭利因被偷盗财物导致受伤残疾，而他最终却成了他当初最为痛恨的盗贼。

回到哈尔滨，因为偷技高超、屡屡得手，黄瘸子很快就招徕了一批小偷，有了自己的"团队"，并作为"后起之秀"在哈尔滨火车站盗窃团伙中偷出了名气。

随着实力的增长，与其他团伙的竞争自然也激烈了起来，很快，当地最大的盗贼头子就主动找上门来，直接向黄庭利发起了挑战，并扬言要找个机会切磋一下，谁输了就滚出哈尔滨。

最终，黄庭利和贼头子选定了一趟从哈尔滨开往北京的列车，双方约定，这一趟车到山海关前谁偷到的东西多就算谁赢，这个桥段想必大家都十分熟悉，冯小刚导演的《天下无贼》大概就是从这个真实事例中获得的灵感。

上车后，黄庭利和那个贼头子就各显神通，迅速开始了偷盗，但一天下来，值钱的东西也没偷到几个，黄庭利不禁焦急了起来，这次赌局他赌上了全部身家，输不起。

就在车过沈阳时，新上车的一名乘客同时吸引了黄庭利和那个贼头子的注意，但那名乘客警惕性很高，贼头子几次下手都是空手而归。

轮到黄庭利上场了，只见他披了一件破旧的雨衣，看似随意地出现在"猎物"身边，在其脚下睡了一觉，一个鼓鼓囊囊的皮包就到手了。

当黄庭利打开钱包后，他直接惊喜地叫出了声，7500元，这在20世纪80年代可以说是巨款了。随着黄庭利的得手，那名贼头子也就败下阵来。

赢了这次偷盗比试，黄庭利在整个哈尔滨甚至东三省都出了名，一时间"黄瘸子"的名号在业内无人不知、无人不晓，而且，黄瘸子不仅偷盗技术了得，在带"队伍"上似乎也有一定的本领。

就拿那个败北的贼头子来说，回到哈尔滨，贼头子本想认输走人，但黄庭利盛情挽留，最终成功将这个20多人的团伙收到麾下，为他所用。

凭着这身本事，黄瘸子的偷盗团伙迅速扩张，其偷盗的范围也不再止于哈尔滨，而是逐渐向东三省扩展和延伸，这也引起了另一伙纵横东三省的盗窃团伙的注意。

这个团伙的魁首道上人称"七爷"，素来以偷盗技术高超著称，甚至一度被公推为东北地区小偷的"总瓢把子"。

面对黄庭利这个"后起之秀"的挑衅，"七爷"主动提出要和黄庭利切磋比试，一局定乾坤。

就像当初和哈尔滨的贼头子比试时一样，两人约定了一趟列车作为"竞技场"，开始了比拼。

这次由黄瘸子先出手，只见他挂着双拐在几节车厢走了一趟来回，27个鼓鼓囊囊的钱包就到手了，一时技惊四座，就连"七爷"也自愧不如，从此让出了东北小偷"总瓢把子"的交椅。

黄瘸子的团伙一时风头无两，当时整个东三省的盗窃团伙都纷纷对他俯首称臣，随着越来越多"盗窃骨干"的加入，黄瘸子的团伙人数一度超过了150人。

随着团伙势力的扩大和麾下小偷的增多，为了清晰地划分势力范围，拓展"业务"，也是为了防止团伙内部互相抢地盘，引起内讧，黄瘸子更是在高人的指点下，对团伙进行了改造。

改造后的黄瘸子团伙不仅等级分明，他还将团伙内部划分为"北上支队""南下支队""西进支队"等不同的团体，分别由他自己的心腹弟子统领，至此，他的团伙遍布大江南北，大有划区而治的意思。

更为狡诈的是，与道上人只知黄瘸子，不知黄庭利的真名一样，他给团伙的每个"骨干"都取了绰号，平时大家都是以绰号联络和相称，这样即使有人失手被抓，也供不出其他团伙成员的底细。

随着势力的扩张，黄瘸子的团伙也陆续在广州、西安、郑州等地为了争地盘而与当地的团伙起了冲突，都说强龙压不住地头蛇，黄瘸子却敢反其道而行之。

因为他相信，当时他黄瘸子的偷盗技术在全国也绝对数得上号。

凭着这股悍勇和胆气，他牵头指挥全国各路小偷团伙，要在上海组织一次"小偷大会"，各路同行同场竞技，交流学习，决出全国的贼王。

真是技高人胆大，这个新中国成立后偷盗行业空前绝后的"大动作"自然吸引了全国各路豪强精盗前往切磋，最终，在与各路人马的较量中，黄瘸子再次"技压群雄"，让广东、陕西等地的贼头子都自叹不如。

堂而皇之地在上海举办全国小偷大会的行为，让黄瘸子在全国偷盗团伙中打响了名声。一时间，他的盗窃团伙足迹遍布全国 17 个省，纵贯全国的 36 条铁路线上都有他们活跃的踪迹。

　　这一时期，黄瘸子成了名副其实的东北"贼王"，甚至是全国"贼头"，这也更加助长了他嚣张跋扈的气焰，他们团伙的盗窃也愈发猖狂了起来。

　　黄瘸子这个东北贼王及其团伙肆无忌惮的违法犯罪行为，也很快引起了各地公安部门的注意。

　　时间来到1984年春节，就在中央和地方都在如火如荼地进行"严打"的节骨眼上，不知收敛的黄瘸子带领团伙，在河南新乡又做了一件惊天动地的大事。

　　这年3月，在由北京出发驶往兰州的一列客车上，河南新乡一所技校的副校长随身携带的为学校购买教学设备的皮包被小偷划开，里面的6000元人民币和500美元及外汇存折等不翼而飞。

　　与发生上述盗窃案紧邻的一节车厢上，一个面粉厂老板同样遭遇了盗窃，作案手法非常相似，2900元公款被盗。

　　这一系列的盗窃案发生在同一趟列车上，社会影响非常恶劣。

　　有人说，这是新中国成立以来发生的性质最恶劣、丢失金额最多的扒窃案件。

　　不用说相信大家也能猜到，这起案件的始作俑者正是黄瘸子盗窃团伙。一石激起千层浪，这一轰动全国的大案惊动了公安部，由公安部指派，哈尔滨、河南等地公安开始侦查。

　　尽管黄瘸子一伙非常警觉，反侦查意识也很强，但哈尔滨警方还是取得了重大进展，在一次针对哈尔滨火车站的专项行动中，警方从犯罪分子手中得到了一本"花名册"。

　　这本花名册上分别记载了黄瘸子、三毛、狼狗、老婆浪八、八戒、白耗子等74个奇奇怪怪的名字。

　　尽管名字都是"绰号"，但通过对抓获犯罪嫌疑人的突击审讯，有一名黄瘸子团伙的中层扒手还是向警方交代了重要情报，虽然平时黄瘸子不轻易露面，但他却知道团伙的"二当家"李玉方的藏身之处。

正是靠着这名污点证人的指证，疯狂作案的黄瘸子盗窃团伙也迅速迎来了"末日"。

很快，团伙的"二当家"李玉方落网，团伙的其他12名骨干分子也相继在全国各地公安的配合下被顺利抓获。

随着各个"支队"的骨干相继被捕，黄瘸子曾经引以为傲的"盗贼帝国"迅速土崩瓦解，众盗贼作鸟兽散了。

但令警方头疼的是，黄瘸子把自己隐藏得很好，就算是团伙骨干也基本提供不出什么有价值的线索，他一直逍遥法外。

个别被抓获的盗窃团伙骨干甚至在牢里向警方扬言："想要抓住黄瘸子，简直比登天还难。"

一次偶然的机会，警方在审讯一名曾经给黄瘸子当过跟班的小贼时得到了一个重要信息，虽然黄瘸子的姓名无人知晓，但他在山东流窜作案期间曾娶了一个老婆，老婆好像还怀了孩子。

以此为切入点，警方开始沿着黄瘸子团伙曾经活动猖獗的铁路沿线开始走访调查，但多日过去仍然毫无头绪。

就在警方一筹莫展之时，一名叫沙元章的警察偶然从济南火车站旁边一个旅社职工口中，找到了突破口。

据这名员工介绍，大概1年前，一名姓黄的旅客经常住在他们旅社，一来二去就跟他们旅社一个叫小玲的服务员好上了，这个叫小玲的服务员怀孕了，不久前辞职了。

而这个黄姓旅客正好腿瘸，根据旅社身份信息上的记载，警方第一次知道了黄瘸子的真实姓名——黄庭利。

随后，在旅社职工的帮助下，警察最终在黄庭利三姨家里找到了这个名叫小玲的女孩，当时小玲已经生产，正在黄庭利三姨家里"坐月子"。

当问及黄庭利的情况时，身为黄庭利媳妇的小玲却一无所知，当警察向其表明黄庭利可能就是震惊全国的扒窃大案的幕后主谋时，小玲更是当场惊讶地叫出了声。

在得知枕边人竟然是东北贼王后，小玲在深感后怕的同时也表示愿意配合警方对黄庭利进行抓捕。

1984年4月，消失多时的黄瘸子终于禁不住对孩子的想念，主动联系了小玲，并约定要到潍坊去看孩子。

在得到消息后，警方提前在潍坊火车站布下了天罗地网。最终，在4月9日这一天，就在刚刚走出车站后不久，这名一度"闻名"全国的盗贼魁首终于落网了。

落网后，面对警方的审讯，黄庭利一度负隅顽抗，拒不交代任何问题，还斥责警方乱抓人是违法的，但当警方把这么多年来他的盗窃团伙所犯的累累罪行列出并摆到他面前后，他终于认罪伏法了。

最终，这个一度风光无限的贼头子被哈尔滨中级人民法院判处并执行死刑，这也是新中国成立以来第一个因盗窃罪被判死刑的案件，足见黄庭利的罪行之重，危害之大。

一念成佛，一念堕魔。

黄庭利的前半生只是个普普通通的农民，一直谨小慎微地活着；而在遭遇不幸后，他因为放不下心中的怨恨而走入歧途，最终身陷囹圄，连性命都丢了，这样的结果不得不令人唏嘘。

胡雪林看完这篇文章后，对"江湖大盗"有了新的认识，没想到这个领域的"水"这么深，如此有组织、有纪律、有分工、有合作，完全不是玩"猫捉老鼠"游戏那般简单，这也愈发激起了胡雪林抓贼的欲望。

1988 年的 2 月 18 日，也就是帮助田野抓了那两个扒手的第三天，胡雪林一大早从皮革厂的磨革车间加完班出来，就直奔镇江火车站，他想试一试田野讲授的那些反扒窍门，也要亲自检验一下"黄庭利"们到底有多么神通广大。

那时镇江的交通工具主要是公交车，火车站前的广场上人很多，熙熙攘攘的。

胡雪林转了两圈，真的就发现了三个操四川口音的年轻人，站在公交站牌下，来了车他们不上，在车门口挤来挤去，眼睛专盯着别人的衣服兜，眼神和田野说的一模一样。但那扒手的水平实在不高，什么人的衣服兜他们都盯，而且盯得明目张胆，旁若无人，眼光半天都不挪一挪。

连着两辆公交车开走，三个小偷都没得手。7 点 50 分左右，第三辆公交车开进站，胡雪林终于看见三个人当中有一个人一只手伸进了别人的衣服兜里。

那一刻，胡雪林的心跳得比那扒手还快，眼珠子瞪得溜圆，呼吸几乎都停止了。

就在小偷把手从别人的衣服兜里抽出来时，有件蓝乎乎的东西闪了一下，进了小偷自己的衣兜里，胡雪林猛地扑上去，两只长胳臂伸开，分别揪着两个扒手的衣领，胸脯堵着前面的那一个，像推土机一样地往车上推他们。三个小偷的身材都比较瘦小，抗不过人高马大的胡雪林，三人连拽带推的就被胡雪林挤上了公交车。站在车门旁的女售票员以前一定见过类似的场面，眼疾手快地配合他，"哧……咣当"，跟着关上了车门。

胡雪林大声朝司机喊："快开车，上公安局，这三个是小偷！"

司机转回头看了他一眼，一边启动车，一边问大个子："你是新来反扒的啊？没见过你嘛，只知道有个姓田的，有时看见他在车上抓小偷。"

胡大个子把三个扒手控制在身前，哈哈笑道："你说田野吧？他是我师父！"

这三个扒手还真是"小偷"，只偷到了一个工作证里面夹着的几张纸币。尽管赃财不多，但胡雪林只是想学学反扒，没想到一试就有了成果。

胡雪林首次出马便旗开得胜，自此便一发不可收了，他时常想上街去找扒手，一找就有所发现，跟踪下去，基本没落空过，于是他越抓越起劲。

那时候各地的物资、人员都开始大流动，小偷很多。镇江也一样，随便走到哪个商场或公交车站，都有可能碰到一两个。没出两个月，到1988年的4月份，他已经抓了五六十名扒手。

当时刑警大队唯一专职负责反扒工作的刑警汤幼清听说了此事，对田野道："你把那个姓胡的大个子叫来，让我看看怎么样，行的话培养培养他。"

田野把胡雪林带到刑警大队，汤警官和胡雪林聊了几句，就带他上街去转悠，想实地检验他的反应能力。胡雪林这时对认扒手、抓扒手初窥门径了，出门刚走到5路公交车站，车上正巧下来了两个人，他说："汤警官，这两人就是扒手。"

汤警官斜眼扫了一下，说："你跟着他们，试试看。"

不出半小时，这两个扒手在街头的小卖部下手掏一个女顾客的钱包，让胡雪林当场抓了个正着。等他把两个扒手送回去，录了口供，办完交接，汤警官拿出一副手铐，笑眯眯地说："大个子，我们发一副手铐给你吧。"

这就是说，公安机关已经授权给他，虽然是义务反扒，但再抓到扒手，胡雪林可以拿出手铐，代表公安部门一把将扒手铐上了。

这副手铐的象征意义和鼓舞作用，远远超过它的实际功能。从那以后，往苏北倒腾外烟的活，胡雪林就不干了。有了这副手铐，他上街转得更勤，而且着了迷似的，连晚上在厂子里加完班，裹着毯子睡觉都睡不踏实，心里盼着赶快天亮可以出门去抓贼。

又做生意，又上班，又要抓扒手，再管理火锅店和大骨头汤店就显得力不从心，火锅店和大骨头汤店不久就关门停业了。

1988年6月的一天上午，镇江骄阳似火，热浪滚滚，在强烈的阳光下，知了躲在树叶底下扇动着音膜，尖声怪气地叫着，人们行走在马路上隔着鞋子也能感觉脚底发烫。这种天气出门就是受罪，躲在屋里吹空调还感觉热呢。可衣食住行人人必不可少，天再热公交车上还是人挤人。出行难！

这时，一辆10路公交车缓缓驶入大市口公交站台，车轮卷起的尘土混着浓浓的汽油味扑面而来。车站上有十几个乘客，没等尘埃落定，大家就围在车门口准备上车。谁也没有想到，一个贼紧贴在一名男乘客身后上了车，他的手神不知鬼不觉地从下边摸向了乘客腰间的钱包，那个熟练劲儿内行一看就知道是个老手。车门关上的一刹那，钱包已经到了贼的手里。突然，有一只手犹如闪电一般伸了过来，"啪"的一声，把贼的腕子给抓住了。这只手就像五把钢钩一样，扣在了肉里，疼得贼一咧嘴，手里的钱包想扔都扔不掉。全车的乘客都傻了，瞪大了眼睛瞅着那只手，都不知道发生了什么

胡雪林在公交站台巡查

事儿。

这时有人大喊一声："开门，警察！"声似洪钟，震得人耳朵嗡嗡作响。车门一开，众人抬头一看，出手抓贼的是一个年轻男子，他一米八三的个头，黝黑的脸庞，一双大眼皂白分明，不过眼里布满血丝，他就是胡雪林。

原来自从得到了一副手铐的奖励后，胡雪林已经抓贼成瘾，一天不上街心里就痒痒。

胡大个子声名鹊起，贼抓得越来越多，越来越勇。最多的时候，他后腰挂过 4 副手铐上街抓贼；最多的一天，他抓了 16 名扒手；最多的一次，他孤身一人抓了 6 名扒手。

一天抓 16 名扒手是在 1988 年 10 月 1 日，国庆节那一天，恰逢全国煤炭会议在镇江举办，大街上人潮如涌。胡雪林从早上五点半出门，一直忙到第二天的凌晨三点半，一天一夜，仅在晚上七点多时喝了一碗稀饭。

独身抓6个扒手那次是在公交车上。一个团伙，有人望风，有人掩护，有人下手。胡雪林从失主身边下手的那两个抓起，铐上；再抓掩护的那两个，铐上；最后抓两个望风的，铐上。他先大喝一声："我是胡大个子！"把小偷们震住，然后在周围群众的协助下，动作迅速，节奏鲜明，就听手铐咔嚓咔嚓一阵响，公交车直接开往派出所。

胡雪林在抓贼这一行里渐渐崭露头角，水平直逼师父，大有后来居上之势。

"老泡"被胡雪林押回派出所时，师父田野追踪的另一个贼早已落入法网，大伙儿都向胡雪林竖起了大拇指。这个说："胡雪林你真神，该出师了。"那个说："大个子再不是毛头小伙子了，老练多了，是个可造之才。"

胡雪林的事迹很快在镇江市公安局传开了，时任局长要求人事部门将胡雪林列为重点考察对象，待时机成熟调入公安反扒部门。经过考察了解，胡雪林当时是属于大集体单位而非国营部门，便先将他的人事档案转入市公安局所属的三产企业——远方饭店。

1989年1月，他被正式调入镇江市公安局京口分局刑警大队。

许多人年幼时的梦想就是长大后能穿上一身英俊帅气的警服，成为一名为民执法的人民警察。而当你真正穿上警服时，才能真切地感受到它的威严、责任、忠诚和艰难。警服，是每一个警察都绕不开的荣耀。

当初，胡雪林就是奔着穿上警服的目标才走上反扒之路的，当他终于梦想成真的时候，他忘不了，是师父田野的一声召唤让他走上了人生的新赛道。

当胡雪林穿上崭新的警服出现在师父田野的面前时，这位一米八三的大个子竟然语无伦次起来："师父，我谢谢你了，我……"话说了一半，这位刚强男儿眼泪"唰"地流下来了。

他转过脸去，仰望天空，此时此刻，天空中正飘荡着肆虐的雪花，纷纷扬扬，胡雪林的心里就像这天空中晶莹的雪花，铺天盖地，畅快淋漓……

第二章
猫鼠大战

题义："猫"与"老鼠"的博弈，正义与邪恶的较量，真实与传奇的描述。

题记：警察是"猫"，小偷是"鼠"，猫抓老鼠的戏上演了上千年。可以说，自从世上有了贼，就有了防贼抓贼的人。在这个黑与白的舞台上，兵贼斗法，花样繁多，每天都在演绎着比《天下无贼》更精彩的大戏……

2022 年 12 月，年满 60 周岁的胡雪林终于退休了。

当他从镇江市公安局公交治安分局大楼走出来，再次回望这座既熟悉又陌生的机关大厦的时候，他满眼含泪。他太眷恋他的工作岗位和反扒事业了，30 多年来，他把自己最美好的青春留在了这里，把自己的满腔赤诚和热血留在了镇江这片热土上。

我对胡雪林的仰慕，不是因为他一米八三的身高，而是因为他获得了全国先进工作者、全国公安系统二级英雄模范的荣誉，以及他在反扒一线为镇江人民做出的贡献。30 多年来，他亲手抓获的小偷有 6000 多人。很多记者、作家都采访过他。

胡雪林给我的第一感觉是：体魄健壮，疾步如风，眉峰如山，眸光如刀，快人快语。我觉得他真的有点"神"：神勇、神奇、神秘，整个人身上有一层"神化"的色彩。

"如果我退休了，就想坐下来写一部书，把我所知道的、经历的一切有关贼的故事写下来。30 多年里，镇江反扒警察和贼在公交车、商场、农贸市场……一次次惊心动魄的较量，本身就是一部抓贼史，凝聚了几代警察的智慧和汗水。它对所有人都是有帮助的，包括老百姓、警察和贼。如果贼看到了，他们就会明白什么叫'魔高一尺，道高一丈'，不管'偷'艺多高明，花样如何翻新，伸手必被捉，这是铁律。如果真的能完成此书，我这部书就叫《猫鼠大战》吧。"胡雪林在接受我的采访时深情地说道。

"我再三强调，我讲的全是真的，没有一点虚构，6000 多个小偷都是有名有姓、记录在案的。"坐在我面前的胡雪林总是快人快语。

我完全相信，如果不是他亲身经历过，绝对讲不出那些惊心动魄的细节，另外，他身上与歹徒搏斗时留下的疤痕亦可为证。

英模，神探，贼的克星……

第二章用什么标题更适合呢？不如就用他未来的著作命名——猫鼠大战。胡雪林见证的这段鲜为人知的历史，就是镇江便衣警察与扒手殊死较量的历史。因为较量每天都在进行，所以历史还在延续，传奇还在延续……

1. 火车站台擒飞贼

拼命三郎胡雪林出师了。他不仅出师了，而且成了一名威武、干练的人民警察。

抓贼这一行，师父带徒弟、徒弟再当师父是几十年沿袭下来的惯例。反扒英雄辈出，一代胜过一代，跟师父带徒弟的古老传统是分不开的。对于徒弟来说，一旦离开了师父，心里就好像打翻了五味瓶，苦辣酸甜咸全都搅和在一起。自己能独当一面当然是求之不得，可毕竟少了一个依靠，心里空荡荡的。

是夜，胡雪林摆了一桌酒菜，请师父田野喝了一顿酒，一直喝到半夜。师父倒也不客气，欣然接受邀请，边喝边唠叨。

"雪林，别的我不担心，就是你这脾气，见着贼掏刀子一定要躲着点，别直着冲，多用心眼儿，听见没有？"

"师父，您最心疼我，我真舍不得离开您。"

"你小子一点不比师父差，早该出去自己闯荡了，再跟着我就耽误你的前程了。"

"每天晚上我都会跟您打个电话，一天见不着您，我心里就发慌。"胡雪林醉意朦胧地说。

"你不给我打，我也得天天往你家里打，我真不放心你。雪林，你天天就知道抓贼，别的东西都不在乎，这也不行呀，家还要不要了？"师父有点埋怨。

"我就喜欢抓贼，改不了。师父，干一个！"

俩人边喝边聊，一直到了深夜，那情形简直就像女儿出嫁前跟妈妈说心里话似的，说也说不完。

胡雪林出师以后，带着自己的探组，在镇江公交车上、汽车站、火车站、商场、农贸市场里开始自由"驰骋"。

胡雪林经常穿行在农贸市场、商场、汽车站

1998 年 10 月 17 日上午 9 点多，在镇江火车站，一列从南京开往苏州的火车缓缓进站了。那时，市场经济的大潮刚掀起不久，出门的人大多坐火车，铁路交通非常繁忙。火车一停，站台上的旅客争先恐后，"呼"地一起涌到了车门口，唯恐上不去车。

　　就在这时，有个 20 多岁的小伙子也在人群里挤，挤到车门口时，前头一位准备去常州的旅客背包里的钱包就到了他的手上。于是年轻人不挤了，一侧身让后面的人往他前面挤。

　　正当小伙子自以为得手、一边往后退一边窃喜之际，旁边伸过来一只手，一把握住了他刚窃到钱包还没来得及收起的那只手，跟着一声冷喝："不要动!"

　　小伙子猛地一抬头，见是位身高足有一米八几的大个子，脸上带着笑，一双眼睛却冷森森地闪着烁亮的光，左手抓着他，右手正伸到后腰摸什么东西。

　　不用说，肯定是在掏手铐。

　　小伙子是老扒手了，也不含糊。他掏钱包的右手正被大个子攥着，于是左手上去一把捏住大个子的左手腕节，右手一挑，小擒拿手的脱腕动作倒也娴熟。他挣出了大个子的掌握，接着斜肩一扛，撞开大个子，一个纵身跃下站台，钻进火车的车厢底下，爬过两道铁轨上了对面的站台。

　　大个子没有马上去追，他先把失窃的旅客从车上拽下来。那旅客还不知道发生了什么事，嘴里嘟嘟囔囔的，怕耽误自己的行程，待一摸背包，大惊失色，那是他刚刚从货主那里要回来的 3 万元货款，一旦被偷，公司就垮了。

　　大个子告诉那位旅客，等在原地别动，他再去抓那扒手，待会儿需要失窃的旅客一起去派出所作证，耽误的车票他会找车站签字补办。

　　这时，该上车的人都已经上车，站台上哨声已过三遍，车门"哐啷"一声关上了，车头那边也响了笛，火车马上就要开动，整个站台从一片嘈杂陷入了片刻的寂静。让失窃的旅客和站台的工作人员谁也没想到的是，大个子胡雪林此时竟和刚才那个扒手的动作一样，纵身跃下站台，钻进车厢底下。就在人们一片惊惶无措的叫喊声中，车轮缓缓启动了。

　　大个子急中生智，一个泥鳅打滚钻出车厢底，但一只鞋却掉在了铁轨上。

　　那扒手见大个子没有当即追来，列车又开动了，怕自己孤零零在那边的站台引起别人注意，便不慌不忙地向前走出七八十米。看着越开越快的列车，他正想加快脚步，这时，他感觉身后传来一阵风驰电掣的声音，转身一看，惊出一身冷汗，大个子正疾步向他狂奔而来。

　　扒手一哆嗦，飞也似的向前奔跑。列车驶过，卷起的一阵风将他吹得东倒西歪。

　　胡雪林三步并作两步向前追赶，扒手更加惊慌失措，突然脚下踩空，向下一滑，差点跌下站台。

　　就在这千钧一发之际，大个子纵身一跃，伸出一只手，抓住了扒手的一条腿。

　　这时，一声长笛，一列列车正由西向东风驰电掣地驶来，如果大个子一松手，扒手跌落下去，后果不堪设想。

　　扒手吓得面如土色，对着大个子几乎带着哭腔地哀求道："求求你，千万别松手。我认罪，我认罪，我认罪。"

　　大个子和站台安全员一起用力，像拎小鸡一样将扒手那瘦小的

大个子制服扒手

身躯拉上站台，并给他戴上手铐。

瘫在站台上的扒手对着大个子惊诧道："哎呀，你这个人，我不要命，你也不要命啊，你是不是胡大个子？"

大个子笑了笑说道："对，我就是胡大个子！你既然知道我，还敢在镇江做活？"

那扒手连连失声叫道："倒霉！倒霉！怎么真碰上你了？"

扒手被带到了车站派出所接受审讯。

这扒手看上去挺斯文，白白净净的脸，只是头发因长久未洗而显得蓬乱不堪。被带到审讯室后，扒手一下子瘫软在椅子上，一副

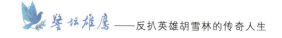

六神无主的样子。

经过审讯，扒手将自己盗窃的经历和盘托出，最后经检察院、法院审理，被判处有期徒刑三年，后来在句容边城监狱服刑，因在监狱劳动改造期间表现较好，被提前半年释放。胡雪林一直没有抛弃他，不仅鼓励他好好改造，出狱后，还托人安排他在镇江新区一家企业上班。

2. "东北老贼"落网

有人说，人类社会自从有了私有制，就有了盗贼。

或许早在儿时的电影里，我们就已经知道了东北胡子、绺子的厉害，但那些都还是新中国成立前东北大汉们留给我们的印象。

20世纪七八十年代，东北这片土地上盗贼猖獗。他们从哈尔滨、长春、齐齐哈尔等地出发，流窜到全国各地，在铁路线上疯狂作案。

他们的凶狠、毒辣及来无影、去无踪的"高超"本领让多少人闻风丧胆。如今他们早已不复存在，然而，在东北大地上，至今还流传着他们的故事。

他们究竟是一群怎样的人？

要说这些东北盗贼的故事，还得先说说"盲流"的辛酸往事。

20世纪80年代初，有这样几个盲流流窜在黑龙江齐齐哈尔火车站。齐齐哈尔火车站始建于1909年，1936年6月22日竣工使用，前身为齐昂铁路龙江站，该建筑为砖混结构，地上四层，地下一层，占地面积4499.2平方米。齐齐哈尔火车站无论是造型、外观

竣工于 1936 年的齐齐哈尔老火车站（李东明 摄）

还是结构，在当时都是一流的设计，也是全国最好的火车站。于是，这里聚集了来自全国各地的盲流，也让齐齐哈尔火车站失去了和谐的音符。

在这群盲流中，有 5 个格外惹眼。我只能用化名分别将他们标注为长丁、对眼、小狐、白雪及汤圆，5 个人都只有十来岁，最大的长丁也不过才 16 岁。

他们家在哪里？父母是否健在？

一切均无法考证。

东北的冬日，比想象的还要寒冷。一年四季有 4 个多月都飘着鹅毛大雪。腊月严冬，云层密布，狂风卷着雪花，呼啸着，翻滚着，铺天盖地而来。飞舞的雪粉，来往冲撞，整个世界混混沌沌、皑皑

东北寒冷的冬日

茫茫，大地和天空被雪混成了一体。

但糟糕的天气并不能阻挡齐齐哈尔火车站行色匆匆的人们，春节的脚步渐渐临近，很多外出人员都相继赶回家过年。车站广场上的男男女女背着行囊，袖着手，缩着脖子，不断地哈着气，人们口里呼出的气，像一团雾笼罩在面前。

清晨，孩子们在雪地里追逐着，担心的家长骂道："这娃你这是干啥啊，能不能让老子消停点儿。"

此时，火车站南广场的一个国营包子铺打开了门，服务员端出一笼热气腾腾的包子，这是为了方便早起的人们或者刚刚下车的乘客们。

"过路的、回家的、串门的、走亲戚的、来往做生意的，都来尝尝咱国营食堂的包子，刚出笼的包子啊，皮薄肉足嘞！"

经这么一吆喝，众人便一窝蜂似的围拢过来。

包子铺服务员满脸堆着笑，吆喝着、招呼着。

这时，从巷道里窜出一个衣衫破烂的小盲流，"哧溜"一下钻进人群，伸出一双脏兮兮的小手，也顾不得烫，抓起一只包子，拼命挤出人群，撒腿就跑。

包子铺的服务员骂骂咧咧地追了上去："小兔崽子，又是你，你给我站住，老子扒了你的皮！"

小盲流一边跑，一边慌忙将包子塞进嘴里，还不停地回头向服务员扮鬼脸。服务员还没追上几步，包子铺的包子又被随即围拢过来的其他几个小盲流哄抢一空，服务员只好折回追赶这边的盲流。

其中一个叫汤圆的胖胖的盲流没跑几步，便被赶来的服务员揪住了耳朵，汤圆虽然疼得嗷嗷叫，仍不忘将包子塞进嘴里。服务员气得照着汤圆的脸"咣"地打了一记耳光，将他打翻在地。他努力地爬起来，撒腿钻进了人群。服务员气得在原地直跺脚。

包子铺的服务员暂且不表，咱先说说这几个偷包子的盲流，他们狼吞虎咽地吃了包子之后，摘下头上的破狗皮帽子高高抛起，仰面躺在雪地里吹着口哨，一副悠然自得的样子。

他们就是前面介绍的 5 个盲流。

20 世纪七八十年代，是盲流盛行的年代，也是他们较为猖獗的时期。

火车站的候车厅里、四面通风的桥洞里、废弃建筑的犄角旮旯里，随处可见这些戴着从路边捡来的狗皮帽子、穿着破烂棉袄、手提打狗棍、流着鼻涕的盲流，他们四处觅食，一旦有目标，便会联合行动，伺机伸出脏兮兮的贼手。

在常人眼里，他们是一群无家可归的孩子，事实上，他们中的大多数是厌倦了农村生活的苦命娃。他们不愿跟着面朝黄土背朝天的爹娘躬耕在贫瘠的土地上，于是便背着爹娘偷偷地溜了出来。也有的是孤儿，从小流落在街头。还有一些是被人遗弃的孩子。

也许是命运使然，抑或同病相怜吧，久而久之，他们形成了一个特殊的群体，流窜在火车站、商场附近。

白天，他们捡些饭店里的剩饭剩菜充饥，或者在火车站候车室翻熟睡旅客的行李，摸些食品，填填肚子。晚上，他们就蜷缩在候车室的座椅上睡觉。

一到冬天，他们会不约而同地聚集到居民集中区的暖气沟里。

在齐齐哈尔，一提及暖气沟，那个时代的人几乎都知晓，那是一个盲流的集中营。

齐齐哈尔的冬天异常寒冷，所以烧暖气取暖是必须的。暖气沟里盘踞着无数条供给千家万户的暖气管道，温度很高，这里就成了盲流们遮风避雨的安乐窝。

他们用工地上捡来的废弃彩钢瓦搭成简易的房屋，将从旅店、卧铺车上偷来的铺盖铺在里面，过着"安逸"的生活。

诗人艾青曾经说过，人在紧要处，往往只有几步，一旦走错将万劫不复。这5个整天过着流浪生活的小盲流，在人生的关键时刻遇见了"金鼠"，从此，走上了另一条路，一条不归之路。

那么，"金鼠"又是从哪里钻出来的呢？

原来，"金鼠"是东北一带"大名鼎鼎"的盗贼，原名李金川，道上人称"金鼠"。据说他在列车上每过一站，均能得手三个钱包，从未失手过。

让我们把镜头拉回到1984年冬日的一天，郑州市北郊。

凛冽的寒风吹到脸上就像刀刮一样，路旁的树枝在风中狂舞着，那干巴巴的树枝，不时发出"喀嚓喀嚓"的声音。路边枯萎的小草，无精打采地耷拉着脑袋，在狂风中战栗着，发出沙沙的声音。

这时，几辆军用大卡车载着几十名全副武装的武警，押解着死刑犯黄瘌子直奔一处乱坟岗而来。

"砰——"随着一声正义的枪声响起，臭名昭著的世纪大盗黄瘌子一命呜呼。

当从报纸上看到黄瘌子的死讯时，金鼠闭门不出，在家枯坐三天，他不仅为黄瘌子的死而悲伤，也为未能及时劝阻黄瘌子收手而悔恨。

之后，金鼠只身一人前往郑州，为黄瘌子立了一个衣冠冢，在木牌上歪歪斜斜地写上了"黄庭利之墓"。

当金鼠从郑州返回齐齐哈尔，刚下车站，就遇见了几个盲流演绎的"精彩"的偷抢包子大戏，看着几个盲流的机灵劲儿，金鼠便收留了他们，把他们带回了自己的四合院。

5个小盲流自从加入金鼠的麾下后，便开始了拜师学艺的生涯。

金鼠所教偷窃的手艺主要有手法和眼法两大部分。

第一天，金鼠让长丁担任班长，从手法开始训练，让其他4人观摩。他先是盛来一碗滚烫的开水，扔一枚铜钱到碗里，示意让长丁用两根手指头夹出来。长丁刚一伸手进去，便被烫得龇牙咧嘴直叫唤。而金鼠丝毫没有让他停下来的意思，还不断地向碗里加开水。

长丁却再也不敢伸手。金鼠见长丁踌躇不前，便迅速出手，犹如闪电一般，铜钱就到了金鼠的手里。金鼠的眼睛连眨都没有眨一下。

长丁等人吃惊不小，个个面面相觑，一副呆若木鸡的样子，完全不知道眼前发生了什么。

"要想不被烫到，就必须下手快、稳、准、狠，中间不能有丝毫的犹豫。"金鼠撂下一句话，扭头走了。长丁和其他4人便开始练习夹铜钱。

一晃几个月的时间就这样过去了。长丁他们已经能很熟练地将铜钱夹出来了。正当大家沾沾自喜的时候，金鼠又向碗里投了一块微型的香皂，让长丁夹。香皂不像铜钱，它滑溜溜的，一夹就跑，但是经过几十个日日夜夜的苦练，他们也能迅速夹住、取出。

作为江湖上的老手，金鼠训练的方式多种多样。有时候他还抓一大把豆子撒在地上，让徒儿们以最快的速度捡起来，反复练习后，徒弟的动作就快捷多了。更残酷的是，金鼠还让长丁在滚烫的油锅中夹物，让夹物的动作更加快捷。

眼法的训练也是非常奇特的，眼法就是教你如何一眼就能找到藏钱的部位。金鼠在身上的某个口袋放上钱，从徒弟面前走过，让徒弟指出哪只口袋有钱，哪只口袋没钱。开始，徒弟不一定能看出来。经过不断调教，徒弟就可以准确地辨认出来。接下来，金鼠就带徒弟到大街上去看，让徒弟指出行人中谁身上带了钱，放在什么地方，看得多了，小徒弟也就练就了准确的眼法，往往一眼就能看出藏钱的地方。

在教了徒弟这些基本功之后，金鼠就开始教他们偷盗的技术。这几年金鼠根据自己的实践，总结出一些偷窃技巧。

如锦囊偷技，就是指窃贼用手指直接盗取衣袋里或提兜里的钱物，这是盗贼最普通的作案手段。这个技巧主要偷被偷人的衣袋或置放钱物的包、兜等。手法有探、开、抠、夹等，特点是轻快如风。其中，偷外衣下部口袋或外裤的外兜这些没有防范的位置，黑话叫"白给"。也就是说，如果把钱物放在这样的位置，是

"白给"小偷。

金鼠不仅从理论上进行了细致入微的讲解，还帮助徒儿们分析人的心理。

金鼠说，有的人会有这样一种误解，认为小偷一般偷隐蔽处的钱物，不会想到人会把钱物放到明处，越怕偷，越会被偷；不怕偷，小偷才不会来偷。其实这种看法是没有道理的。把钱物放在外衣口袋和外裤兜里，小偷一眼就能看出来，怎么不会偷呢？而偷这样位置的钱物对小偷来说可谓轻而易举。钱藏在隐蔽处，比如把钱藏在西服内侧兜内，兜中又缝了一个兜，两个兜都安了拉锁，形成两道防线，自以为这种"兜中兜"绝对保险，但就是这样防范，同样也会被窃。

金鼠给徒儿讲了一个案例，曾经在一家饭店发生过这样一件事：一个毛毛愣愣的人端了一碗汤走过，不小心把汤溅到另一个男人的西服上。那人慌忙拿出手绢来替那男人擦汤渍，又一个劲地道歉，弄得那男人生不起气来。不一会儿，那端汤的人吃完饭从容离去。穿西服的人一直没有发觉自己的兜被掏了，因为他根本没有想到有两道防线的兜也会被偷。等到他吃完饭要付钱时，才发现兜是空的。

金鼠说："这就叫旁敲侧击，转移对方的注意力。"

用刀片割口偷窃，黑话叫"开口"或"剃胡须"。其手法主要是快捷地划开对方的衣兜、提包等放置钱物的部位，像动手术一样。这种划技也是最常见的，主要是在人多热闹的场所，盗贼趁人多拥挤之机，用刀片迅速划开衣襟兜口。由于看准了部位，出手极快，所以很容易得手。车站售票处、拥挤的公共汽车和繁华热闹的商店都是小偷们光顾最多的地方。

为了让徒儿们尽快掌握"开口"技巧，金鼠买来无数把小刀片，再根据徒儿手掌大小、手指长短进行"量身定制"，让徒儿们使用起来得心应手，游刃有余。

金鼠每天安排的训练内容五花八门，除练习速度、"开口"、摸包等技艺外，每天视训练强度，增加钩锁、翻墙、爬火车等偷窃技术训练……有时他们在附近的涵洞内练习；有时是半夜师父带着徒儿上门盗窃，现场传授手艺。为了让技艺更加纯熟，他们每隔几天便聚集在一块练习，互相切磋手艺。作案过程中，他们还学会了对付警察不报真实姓名和年龄、死活不认账等方法。

南风吹皱了温暖的河水，解冻的大地散发出浓郁醉人的气息，春天在人们的不经意间又悄悄地降临了，山沟里的草丛在融化的冰雪中探出娇嫩的芽，各种不知名的花卉次第开放。在春夏秋冬四季的轮换中，长丁等5人不知不觉度过了三个春秋。

一天，金鼠把5个徒儿召集起来，郑重其事地说道："你们跟了我差不多有3年的光景，长丁你的年龄最大，之前也学了一些技巧，现在完全可以单枪匹马'出山'了，其他徒儿也是各有千秋。后天，也就是农历三月初八，是一个好日子，苏格兰大酒店（化名）有一场豪门婚宴，你们去那里试试身手，检验一下你们的训练成果。"

这不明摆着是师父要现场考核了嘛！

第二天，长丁带着小狐去现场踩点。

苏格兰大酒店是齐齐哈尔最豪华的酒楼，酒店设计以金黄色为主色调，弥漫着浓郁的地中海风情，更有来自世界各地的装饰，法国的青铜雕像、意大利的音乐喷泉、英国的水晶灯，加上富丽堂皇的回廊、金色的外饰，由内及外无不彰显着豪华气派。大厅内的桌椅，乌黑晶亮。贴着高档壁纸的墙面上挂了几十幅油画：有竹林七贤，有醉八仙；有纣王妲己鹿台宴，有幽王褒姒骊山饮；有贵妃醉酒，有宝蟾送酒；有曹孟德煮酒论英雄，有关云长温酒斩华雄。每一幅画的内容都离不开酒，看了之后，竟让人有了朦胧的醉意。

长丁来到三楼的一个雅间，推窗向下俯瞰，整个大厅尽收眼底。下得楼来，长丁将三楼的雅间定了下来。

第三日上午10点左右，长丁、对眼、小狐、白雪及汤圆陆陆续续来到苏格兰大酒店，上了三楼，推开雅间的门，只见金鼠已端坐在竹制的藤椅上，他戴着宽边的墨镜，一手举着酒杯，另一只手里夹着一支雪茄。

长丁纳闷，师父怎么知道这雅间是咱们定下的呢？正要发问，师父却不紧不慢地开了腔："这雅间选得不错，既视野开阔，又相对僻静，长丁好眼力。"

此时，楼下大厅已经是一片喧嚣，热闹非凡，客人们接踵而至，先到的客人有的在悠闲地抽烟、嬉笑，有的在喝茶、聊天，服务员来回穿梭，忙得不亦乐乎。

11点58分，婚宴正式拉开了序幕。主持人落落大方地走上主席台，将婚礼仪程一一呈现，待到婚礼高潮时刻，各个餐桌上的人已经迫不及待地举杯欢庆，笑声、干杯声、猜拳行令声，一浪高过一浪。女人们则凑在一起相互攀亲、拉拉家常。孩童们依然在不知疲倦地相互追逐嬉戏。当新郎新娘在伴郎伴娘的陪伴下来回敬酒之时，长丁等5人相继离开雅间，混入宾客之中，没有人注意到宴席上多了5个"不速之客"。

这时，长丁端起酒杯走到了一位西装革履的宾客面前，满脸堆笑地打招呼："老哥，您也来了啊，最近买卖不错吧。来！我敬您一杯。"

穿西装的宾客抬起头，心中暗想："这是哪位啊？怎么看起来面生呢？"但他又不好意思说出口，怕人家说自己贵人多忘事，所以连忙起身回礼。不巧的是，他刚一起身，就撞到了身后一人，他身后站着的正是对眼，对眼也端着酒杯，相互碰撞之时，对眼手中的红酒全洒在了穿西装的宾客身上。

对眼急忙向他赔不是，又从口袋里掏出手绢帮他擦拭身上的酒。就在双方拉拉扯扯、互谦互谅的时候，穿西装的宾客有了一个弯腰的动作，长丁一伸手就从他的裤子后袋里掏走了钱包。一转眼，长丁就淹没在敬酒的人流中。

同时，小狐和白雪相互配合，从一位卷发的俄罗斯来宾口袋中划走了钱包。

汤圆呢，别看他身材圆咕隆咚的，他在人流中挤来挤去，突然在一位打扮时髦的女士面前停了下来，原来他瞄准了女士身后座椅上的一只漂亮女包。

汤圆将杯中酒一饮而尽，然后凑到这位女士所在的酒桌前，憨笑着说："不好意思啊，借点酒。"他抓起女士面前的红酒瓶，给自己满上后，满脸笑着说："我是新娘的远房亲戚，来！大姐大嫂们，走了这杯。"众人起立，举杯畅饮，就在大家要坐下的档口，女士的包已到了汤圆的腰间。汤圆一边喊着"失敬失敬"，一边挤出了人群。

也就一刻钟的光景，5人皆回到了雅间。此时，桌上已经摆满了丰盛的菜肴，大家欢天喜地饱餐一顿之后，便分头回到了四合院。

首战成功，让金鼠欢喜不已。入夜时分，金鼠对白天的"首战"进行了全方位点评，包括存在的不足。接着，金鼠又意味深长地说道："我刚出道时也是毛手毛脚的，没有什么起色，便拜了黄瘸子为师。如今师父已经走了数年，他的手下也都成了散兵游勇。只怪师父当初太狂妄，组织什么南下支队，召开什么年度大会，还要进行技能比武，内部管理又极其混乱，走向覆灭是难免的。所以，我要告诫你们的是：以后要化整为零，谨慎处之，切不可倾巢出动，以免全军覆没。"

众人点头称是。

从此，金鼠就蜗居在四合院里，大门不出二门不迈，光5个徒儿一年孝敬他的赃财"贡品"，就足以让他吃不完、用不尽。

转眼又过去了三年，金鼠已69岁了，眼力也大不如前。每到傍晚时分，金鼠就坐在院子里对着快要落山的夕阳发愣。

长丁看到师父魂不守舍的样子，心里就犯嘀咕。在一个夜深人静之时，他悄悄摸到师父的卧室，试探性地问道："师父，我看你常常长吁短叹，是不是有什么心事？"

看到长丁虔诚的样儿，金鼠便将内心的想法一五一十地袒露出来："徒儿，就像不让老兵玩枪、不让老农种菜，非让我收手，那也等于是活活要了我的命。我即将迈入古稀之年，我想再走一趟江南，一方面看看沿途光景，一方面图个手瘾。我不在的时候，你要好生照应几个小弟，万一我回不来，你们就改邪归正吧。常在河边走，哪有不湿鞋的哩！当初收留你们，就是让你们吃个饱饭，如今外面风声一日紧似一日，你们还年轻，要从长计议啊！"说完，金鼠的眼里竟然淌出几滴眼泪来。

第二天，等到日上三竿，长丁懒洋洋地从床上爬起来的时候，金鼠已不知去向。长丁知道，师父已经走了。

金鼠再次出山是经过缜密规划的，他的目的地是上海。20年前，金鼠曾经到过上海，那是随同师父黄瘸子参加全国小偷技能"比武大会"去的，时光荏苒，一晃20年过去了。在金鼠的记忆中，上海这座国际化大都市魅力无限，它是十里洋场，光怪陆离，纸醉金迷，它被称为"魔都"，具有世界其他城市所没有的"魔性"，这里既有陆家嘴鳞次栉比的高楼，也有外滩千姿百态的万国建筑，让每一个人都能找到属于自己的一席之地。

"再逛逛上海滩，就是死了不睡棺材板也心甘。"这成了金鼠的终极梦想。

金鼠登上了一列南下的绿皮火车。车厢里热气腾腾，拥挤不堪，穿着制服的工作人员推着一辆小推车来回穿梭，一边走一边大声吆喝："啤酒饮料矿泉水，瓜子花生八宝粥，让一让、让一让。"

东北老贼"金鼠"

金鼠找到自己的位置坐下后便闭目养神起来，他的脑海里浮现的都是当年在列车上"叱咤风云"的情形。自从黄瘸子集团覆灭后，列车上明显加强了戒备，乘警巡视的人数和频率明显增多。对于金鼠来说，这次出行主要是游山玩水，因此，他也就打消了在列车上作案的歹念。

从齐齐哈尔出发，金鼠先后路过通辽、锦州、葫芦岛、唐山、天津、泰山、徐州，一路走来，优哉游哉。这一日，他坐上了从徐州开往南京的大巴。此时，正是夏收夏种的农忙季节，车窗外，一望无际的田野上是金黄色的麦浪，人们挥舞着镰刀在地里忙碌着。

大巴车在蚌埠转车时，上来一位50多岁的农民，背着一只发了黄的旅行包。金鼠眼睛一亮：有货。看谁有钱不能看衣着，一到开春夏收，那些衣衫褴褛的老农兜里装的不是买种子的钱，就是卖粮款。老农一上车就坐在了金鼠的前面，金鼠用手肘轻轻一碰，心里就有了底。下午5点钟左右，大巴缓缓抵达南京中央门长途汽车站。老农一起身，感觉下身凉飕飕的。有人问："老头，你裤裆咋开了？"他忙低头看，一条口子从外裤裂到内裤，布条向外翻着。他臊得脸通红，忙用手捂住，紧接着脸煞白："我钱不见了！"原来，他内裤里有老伴儿缝的3000多元钱，是买种子和化肥的。

"我咋回家呀！"老农坐在地上痛哭起来，而得手的金鼠已经大摇大摆地出了南京中央门长途汽车站。

第二日，金鼠就出现在镇江的街面上了。

金鼠早就听说镇江有三怪：肴肉不当菜，香醋摆不坏，面锅里面煮锅盖。到了镇江必须体验一下。想到这，金鼠找了个僻静的小旅馆住下后，径直去了西津渡的一家锅盖面面馆。他点了一碗红烧牛肉面和一份水晶肴肉，坐定后，金鼠想，这锅里真有一个锅盖吗？于是，他走到后厨的窗前，踮起脚往里一看。哈！白花花的面汤里真有一个小锅盖。不一会儿，红烧牛肉面端上来了，只见面条上撒着绿色的香菜，轻轻一闻，香气扑鼻，令金鼠垂涎三尺。这时，肴肉也上来了，那一层薄薄的肉皮衬着肥瘦相间的肉，蘸上香醋，再配上黄灿灿的姜丝，色香味绝了。一口下去，仔细品味，金鼠甚至感到这是自己有生以来吃过的最好最香的面。一碗下肚，金鼠摸了摸肚皮，感觉舒畅极了。金鼠刚要起身，却看到门口进来一位戴着眼镜、拖着行李箱的客人，从疲惫的眼神和衣着打扮上看，这是一位刚刚下火车的主儿，也是奔着美味来的。

金鼠脸上立马有了兴奋的神色。自从只身下了江南，各处消闲，倒也痛快。无论在哪个城市，他每天只坐某一路公交车打一个往返，看不上眼的"货"，或者感觉周围略有不对，宁可走空，也绝不出手，而且走空了就回旅社睡觉，不再出来。今天却意外碰到了"好货色"，他自然不肯轻易放手。起身路过"眼镜"身旁时，他用腿轻轻碰了一下行李箱，斜视了一下，便急速离开。在离西津渡不远的一家百货店里，他买了一只与"眼镜"相似的旅行箱，往里面装了些填充物，再次回到了面馆。

再次光临面馆的金鼠已是一副商人模样，头戴灰色的礼帽，鼻梁上架着一副考究的眼镜，晃悠悠地走了进来。此时，面馆里的客人明显多了起来，先前进来的"眼镜"正有滋有味地品尝着锅盖面，左手还拿着一份火车时刻表翻看着。等"眼镜"吃完锅盖面，步行到西津渡云台阁附近时，他才感觉行李箱的重量不太对，打开一看，惊出了一身冷汗，一下子软瘫在石阶上。原来，金鼠进了面馆，没有作片刻的停留，调包之后，就从侧门出了面馆，回到了旅社。

当旅行箱被打开时，金鼠激动不已，里面除了6万元现金，还有照相机、银行卡等物。要知道，在当时6万元可是一笔不小的数目啊！金鼠在屋里一边搓着手，一边踱着方步，心中高兴极了。

失魂落魄的"眼镜"立即向南山景区派出所西津渡警务站报了警，根据点点滴滴的溯源，"眼镜"断定是一位老贼所为。因为他隐隐约约感觉有个斯文的老人从他身边走过，身后也拉了个行李箱。但人海茫茫，民警也是爱莫能助。

西津渡出现贼情的内部通报传到了京口分局刑警大队胡大个子耳朵里，胡雪林顿时来了精神。

此时已是10月中旬，正是暑气渐渐褪去、气候开始怡人的好时光。这天，胡雪林发现5路公交车站有一位非常特殊的"神秘富豪"。这位乘客衣着打扮很不一般，一身名牌西装、白衬衣，打着中规中矩的领带，拎着一只黑亮的真皮皮包。此人头发虽花白，但打理得纹丝不乱，从外表判断是个养尊处优的有钱人。

目标终于出现了，胡雪林暗自窃喜。

引起胡雪林注意的原因，一是他的衣着打扮特别引人注目；二是胡雪林无意中发现"神秘富豪"的目光瞄了眼他前面穿中山装的中年人的上衣口袋，而普通乘客是不会关注别人的口袋的；三是这位老者非常符合在西津渡作案的老贼的形象。

这个"富豪"就是金鼠，乔装改扮是他的特长。

胡雪林一阵兴奋，当即决定跟踪这位"神秘富豪"。但此人并没有马上对前面穿中山装的乘客下手。因为该乘客虽然上衣口袋鼓鼓囊囊的，但在掏钱买票时从口袋里掏出的却是用报纸包着的一包零碎角票，显然不值得动手。这令"神秘富豪"很失望。终点站到了，

"富豪"下车走进了火车站后面的一家小旅馆。

奇怪，这副大款的派头，怎么会住到这么廉价的小旅馆里来？胡雪林从旅馆服务员那里了解到，此人三天前从外地而来，但干什么的不清楚。

第二天一早，"神秘富豪"又同昨天一样出现在5路车站站台，胡雪林跟着他登上车，车子到了老火车站的站台后，"富豪"下车去了售票处，买了一张去丹阳的车票。丹阳离镇江市区很近，他为何昨天不去丹阳，要在这里住一晚再去丹阳？

"富豪"买好火车票，走进候车大厅。就在去丹阳的火车即将开车时，"富豪"很蹊跷地并没有登上去丹阳的列车，而是走出候车室，径直往5路公交车站走去。他再次登上5路车，到了终点站下车，转一圈再上车，然后又乘车到火车站，下车后就回到小旅馆去了。

胡雪林由此判断，此人定是小偷中的"极品"。他不轻易下手，只有在瞄到"大客户"后，才会出手。只有这个行当里的"老江湖"，才会有如此耐心。

如此这般，这个"富豪"在第七天，终于在5路公交车上发现了又一个穿中山装、上衣口袋鼓鼓囊囊的中年人。他果断地靠近"中山装"，用手上的拎包搭了一个架子，遮在"中山装"口袋上方，挡住了别人的视线。他的另一只手则在几秒钟之内麻利地解开"中山装"的纽扣，把钱从口袋里掏了出来。就在同时，一只大手像钳子般夹住了他抓钱的手。他掉头一看，一个高大壮实的汉子正笑眯眯地看着他。"富豪"知道情况不妙，碰到公安反扒高手了。

下了车，他有点好奇地问："你是怎么发现我的？"

"我跟了你一个星期了！"胡雪林说。然后，他把"富豪"每天的行踪、如何发现他的可疑迹象，一五一十地告诉了他。金鼠听了口服心服地说："我做了几十年，从来都是小心谨慎，没想到栽在你手上了！"

金鼠又说："我在江湖行走几十年，这次本想出来看看景、散散心，回去后就金盆洗手了，但贼心不死，看见机会就手痒痒，如今做梦也没有想到在镇江翻了船。"

在派出所被审讯时，金鼠一脸沮丧，不是长吁短叹就是暗自落泪，一副心事重重的样子。到了下午5点，金鼠提出要见胡大个子。胡雪林来到审讯室时，依然一副笑眯眯的样子。金鼠便将他收留5个徒儿的来龙去脉和盘托出。最后金鼠忏悔道："怪就怪我当初不该将他们引入歧途，如今我将面临法律的制裁，不知还有没有机会再见到徒儿们，希望政府能引导他们重新做人，不要再以行窃为生，用诚实的劳动去换取在这个世间生存的权利，不然，我的今天就是他们的明天啊！"

"果然不出我的研判，我早就料到你是一个团伙的头目。既然你要你的徒弟们改邪归正，另谋生路，这是好事，我们一定给他们改过自新的机会，你就老老实实地交代自己的罪行吧。"说完，胡雪林回到办公室，立即与齐齐哈尔警方取得了联系，齐齐哈尔警方将长丁、对眼、小狐、白雪及汤圆5人收监归案，并根据不同的罪行，分别给予判刑、劳动教养、送收容所处置。

3. 女贼自古就有

女贼，在人们的心目中是一个神秘的存在。看官都想听听关于女贼的故事吧。

女贼，自古就有。

很多女贼不仅相貌标致，武艺高强，而且聪明伶俐，智慧过人，一旦被擒，便会使尽浑身解数逃脱。因而，在女贼的糖衣炮弹面前就需要坚守本心。明朝有一个叫曹鼐的人，他是北宋开国名将曹彬之后，少年时胸怀大志，而且聪颖好学，年仅 24 岁就中了乡试第二，在江西泰和县做一名典史。典吏相当于衙役，掌管的都是抓人、缉捕的活计。

有一天，曹鼐抓到了一个貌美如花的女贼。这个女贼盗人财物，按照大明律例，是要押回衙门受审的。但在押解的途中，天色已晚，深夜赶路又危险重重，不得已他便将女贼带到一间破庙休息，等待天亮再赶路。

漫漫长夜，孤男寡女，共处一隅，女贼便使出美人计，只见她泪眼婆娑、含情脉脉地对着曹鼐哭诉道："小女子偷人钱财，实属无奈之举，家有八十岁老母卧病在床，我如果吃了官司，老母就得活活饿死，还望大人网开一面，小女子愿以身相许报答大人的大恩大德。"

朦胧月色中，女贼俏丽的面孔让人心动，曹鼐是一个正常人，怎么会不动心？然而他又想到，现在把持不住自己，将来又怎么能做个好官？因此尽管女贼动手动脚，使尽浑身解数，他都不为所动。当要坚持不住的时候，他就在纸上写"曹鼐不可"这四个字来警示自己，就这么度过了漫漫长夜，终于战胜了诱惑。

后来，这个故事流传了出去，妇孺皆知，由此还产生了一个成语，就是"曹鼐不可"，意思是说，独自一人无人监督时，也能谨慎做事。史书是这样记载的："曹鼐为泰和典史，因扑盗，获一妇，甚美，目之心动，辄以片纸书'曹鼐不可'四字火之，如是者数十次，终夕竟不及乱。"

曹鼐坚守本心，刚正不阿，后来成为人人称道的名臣。

女贼在盗窃的时候，也有自己的嗜好。

湖南"80后女贼王"唐某燕专偷政府机关，她甚至已经记不清偷过多少个领导办公室了，这又是为何呢？在唐某燕看来，主要是因为政府机关警惕性不高，防盗设施差，但最重要的是盗窃政府机关"风险小收获大"。

当然，还有一部分原因源于小偷本人，正如唐某燕所说，"偷的是贪官，不算违背良心"。在我国，"盗亦有道"似乎古已有之，而且在大部分人看来这还是正义的。其实，"盗亦有道"只不过是"挡箭牌"，并不能减轻法律的惩罚，更重要的是，只偷机关根本就不是"盗亦有道"，偷盗本身就是违法行为，这是没有任何理由可以狡辩的。

黑龙江呼兰人胡某，酷爱书法，每当入室盗窃找不到可偷的钱物时，便用毛笔蘸酱油或其他调料在墙上题词，诸如："你家真穷，努力吧！"她到处留下墨迹，自然也就很容易被抓了。胡某被抓后还表示："在狱中要苦练书法。"

日本一女贼，入室盗窃，先制服恰巧在家的女主人，将她捆了起来，随后顺利拿到了钱和银行卡，却没有马上离去，而是给被绑着的女主人做了几个小时的肩部按摩，帮助她"放松"，并答应取到款后立即寄还她的银行卡。

然而，不论女贼的本领如何高强，手段如何神奇，手法如何翻新，都难逃大个子胡雪林的"铁手掌"。

这天一大早，胡雪林带着徒弟来到了镇江市最繁华的商业区——大市口，这里是市中心，有第一楼街、城市客厅、国际饭店和各种餐饮连锁店等消费场所。

人多的地方就容易遭贼，所以抓贼的人也喜欢来这里。天已经有些凉了，胡雪林今天穿了一件黑色夹克，里面是一件灰色的毛衣，按说这天气穿得有点多。可您不知道，抓贼的人穿得比一般的人多，因为贼都在公交车上、街头巷尾、公园里，穿少了很容易冻感冒。

胡雪林习惯性地在公交车站后面的报亭里买了份当天的报纸，先打开体育版，他喜欢体育，特别关心足球的消息。

"你们两个在这附近吃点东西，我在这盯会儿，一会儿回来换我，账我一起结。"胡雪林对两个徒弟说。

他平时总教育徒弟要养成吃早饭的习惯，不管多忙多早，也要抽时间吃点。反扒队的同志们大多数都有胃病，是职业病，主要就是早上不吃东西，因为出门太早家里来不及做，一上车就跟着贼转，哪有工夫吃？

两个徒弟找了一个离车站最近的早点摊，买了两碗稀饭和一笼包子，他们时不时地抬头看看车站的师父。刚吃上，来了一辆4路公交车，站台上的人一股脑儿往上涌，胡雪林感觉这趟车有戏，立即招呼两个徒弟一起上车，小哥俩也顾不得烫嘴，赶紧吸溜了几口，把钱付了，撒腿就往车站跑。

车上陆陆续续上来了不少急着上班的人。胡雪林扫了几眼，又低头看他的报纸。正是容易堵车的点，这辆车慢慢地向前挪，半天也没开出一站地，好不容易开起来了，不知道什么原因，司机来了一个急刹车。胡雪林正看报呢，突然身体往前一扑，如果不是赶紧抓住扶手，人就倒下去了。他还没站稳，一个人重重地撞在了他后背上，分量倒是不沉，好像是个女的。胡雪林回头一看，吓了一跳，是个老太太，头发都花白了，估计60岁开外，这下撞得可不轻。

　　"您没事吧？"

　　"没事，没事。"

　　"您可得扶好了，多悬呀，这是撞在我身上了，万一撞到栏杆上，还不散了架。"

　　说话的时候两个人距离也就不到一米，面对面看得清清楚楚，胡雪林心里微微一震。老太太道了声谢，径直向前挪了几步。她上身穿了一件灰布衣服，左手提着一个蓝色尼龙布兜，脸上皱纹可不少了，气色也不好，灰头土脸的。

　　但就是这个弱不禁风的老太太，让胡雪林大吃一惊，原来当两人目光相对的时候，老太太眼神左右一晃，突然往下瞟了一眼，那个视线直指向胡雪林腋下夹着的手包。这个眼神太熟了。

　　"呦，遇上行家了。"胡雪林心里那叫一个复杂，他毕竟是个普通人，有血有肉有感情，看着眼前这个年约六旬的老太太，他突然产生了一种莫名的哀伤，甚至是同情。胡雪林把头转了过去，不再看她，因为他不希望她真是贼，或者说不希望她在自己面前偷。谁都有老的时候，这个老太太跟自己的老妈岁数差不多，可过的日子却不能同日而语。

　　老太太哪知道胡雪林的心理活动。乍一看，这个老太太可怜兮今的，一点精神也没有，可刚才她看别人的眼光，跟带钩儿一样，直奔主题。就这一瞬间，她眼睛里贼光四射，让人有点不寒而栗。

"真有你的，这岁数还练活呢，看样子绝对不是偷了一年两年了，我同情你，你同情谁呀？别人的救命钱，你也没少偷，对不住了，今天你走不了了。"胡雪林心里想着，用眼睛扫了一眼徒弟，那哥俩做梦也想不到老太太是贼，不过跟师父出来"遛弯"时间也不短了，一个眼神立马知道来事了，两个人都警惕起来。

今天这辆车的司机估计是个新手，遇到一点情况就刹车，而且一脚踩到底，弄得车上的乘客前仰后合，怨声载道。在今天这种环境里，脚下能站得稳的无非是三种人，一个是售票员，一个是贼，再一个就是抓贼的。

胡雪林站在原地纹丝不动，全神贯注地观察着老太太的一举一动。抓贼有时候挺有意思的，外人很难体会这里面的乐趣。你没发现贼的时候，看谁都不像，看谁又都像，就跟大海捞针一样。一旦确定这人是贼了，你再看吧，瞅哪哪都别扭，越看越有意思。就说这个老太太，这么大岁数了，按理说在公交车上最怕摔，绝对应该站稳了扶好了，可她一会儿溜达到前门，过几分钟又跑到中门，别说内行了，就是大外行，仔细看也能看出毛病，她在干吗呢？找目标呢，看谁"肥"就对谁下手。车上这么晃，这位老太太一只手扶杠子，稳稳当当，走路利利索索，一看就是练家子，在行驶的公交车上如履平地。胡雪林心想，这么大岁数的贼，还是第一次抓，又是个女的，还真得注意点，就这老胳膊老腿的，我这一使劲还不给扳折了。

再说这个老太太，还真是个老奸巨猾的贼，她仗着自己年岁大，又是个女的，知道一般人绝对怀疑不到自己身上，所以无所顾忌，胆子比小毛贼大多了，不论手艺还是岁数，她都足可以称得上"贼奶奶"。看着前面一个穿着时髦的女孩挎着一个小皮包，老太太就凑了过去，伸手就去拉包上的拉链。你看她那只手，皮包骨头，青筋暴露，可见手指上劲头十足，也不知道偷过多少钱包。女孩子的这个挎包是挎在胳膊上的，带儿特短，稍稍一动就有感觉。女孩发现有人动自己的包，刚想叫，抬头见是一个老太太，以为是自己弄错了，没吭声。老太太见不容易得手，就直奔中门。

"您坐这吧。"一位男青年起身给老太太让座。

"我马上就下车了，不用坐了。"老太太当然不能坐，坐下还怎么偷呀？说着话，老太太用眼溜了一眼让座的男青年。哟，她心里一动，对方腰里别了个新款手机，这可是个肥货。

男青年也准备下车，两人并排站在一起。老太太瞅着这部手机，馋得口水都快流出来了，她心里也七上八下地盘算着偷不偷。偷，风险很大，如果手机套上了暗扣太结实，很容易被人当场抓住；不偷，这小子一点防备也没有，离自己又这么近，机会真是难得。有几次老太太的手都摸到手机套了，又缩了回去。僵持了几分钟之后，不知道是怕出危险，还是良心发现，老太太决定放弃这部手机。

这一切，当然没有逃过胡雪林的眼睛，老太太的内心活动他能猜个八九不离十。他这次心软了，甚至默默祷告老太太就此罢手。

这会儿，有一个中年男乘客刚买完票，找回的零钱全塞在后裤兜里。呦，这钱好偷，老太太没看见吧，即使看见了估计一把零钱她也不会要。胡雪林感觉自己今天的想法怪怪的。老太太当然看见了，很快就蹭到了那个人身边。胡雪林心里咯噔一下，看来老太太是准备"挖地道"（"地道"指后裤兜）了。

胡雪林摇了摇头，老太太没救了，这钱按行话就是白给了。果然不出所料，老太太两根指头伸了进去，出来的时候夹了一沓钱，那个利索劲儿可不像 60 多岁的人。

胡雪林慢慢地走过去，轻轻地伸出左手，一把就把老太太偷钱的手拽住了。

"别动，老太太，我是警察。"胡雪林没敢大声，好像怕吓着老太太，更没敢使劲儿，只是用手虚包着她的手，不让她把钱扔掉。对贼这么客气，胡雪林可是头一回。即使这样，那老太太还是有点受不了，眼泪差点流出来了。

"你这人怎么欺负我一个老太太？我的手断了，警察打人了！"老太太顺势一屁股坐下，大喊大叫。那只右手却没闲着，朝着胡雪林一通乱打。

全车人都愣了，不知道发生了什么事。

"小伙子，你怎么欺负老太太？"

"你跟一个老太太较劲，算什么本事啊？"

"放手，再不放手，哥儿几个可不客气了。"

"打 110，快打 110。"

大家七嘴八舌，大多向着老太太。

胡雪林一点都不急，把老太太的手腕抬了起来。

"大家看看，这手里攥的钱，看见了吗？老太太，这钱是谁的？"

"废话，当然是我的，我自己的。"

"你自己的？好，那你知道这是多少钱呀？有数吗？"

"我……我没数。你管我多少钱，反正是我自己的钱。"老太太还越来越横了，连踢带踹。

"对呀，你管人家多少钱，警察也不能欺负老太太呀。"旁边有人帮腔。

胡雪林一不慌，二不忙，向被偷的男乘客招手。"这位兄弟，你瞅瞅裤兜里的钱还在不在？"

男乘客用手一摸，"我的钱没了，刚才还在呢，刚买完票找给我的。"

"一共多少钱？"

"有 608 元。600 元整的，还有 8 元钱零钱，刚才买票时，10 元钱花了 2 元，还剩 8 元，一张 5 元的，三张 1 元的。"

"你瞅瞅这个是不是？"胡雪林说着指了指老太太手里的钱。

男乘客数了数，正好是 608 元。

"没错，是我的钱。刚才就是这个老太太在我旁边站着，没别人。"

"大家别乱，这老太太一上车，手就不老实，我能作证。"原来售票员也早就注意到老太太了。

"啊？这老太太还真是个贼？"

"真没看出来，这么大岁数不学好。"

"知人知面不知心，这年月可不能随便相信人。"

车上的乘客又纷纷指责老太太。

胡雪林看看软瘫在座位上的老太太，心里酸酸的。这么大岁数了，按说应该在家颐养天年了，你还出来祸害人，我说你什么好呢？他又弯下身子，小声对老太太说："老太太，你踏踏实实跟我去派出所，路上别折腾，我绝不为难你。不过你可别给我玩心眼儿，铐子就不给你戴了。"

"师父什么时候变得这么温柔啦？"徒弟小声地嘀咕。

"这叫大丈夫能屈能伸，换个小年轻啊，师父早就给他抹平了。"另一个徒弟说。

胡雪林押着老太太回到公交治安分局已是中午了。一番惊吓之后，老太太的脸色非常难看。胡雪林特意让徒弟买了一点好吃的，自己一点没动，全留给了老太太。老太太吃东西的时候，看胡雪林的眼神还是充满着仇恨。

"我干的是抓贼的活，做事对得起良心。"说完，胡雪林就走了。

60多岁的女贼落网，这也是一大新闻，很快就在反扒队里传开了，《镇江日报》和镇江电台、电视台的记者三三两两地赶来，又是采访又是拍照，搞得胡大个子挺不好意思的。

老女贼落网的新闻余温尚未褪去，一个号称"雪上飞"的"快刀"女扒手就落入了法网。

在20世纪90年代，"万元户"是一个拥有超常财富的标志性称号。因此，当赵女士发现包内的1万元不见时，她整个人几乎就要彻底崩溃了。

要知道，这1万元对她来说来得是多么不容易。这是她靠开的一家小杂货店，每天赚点小钱，一点一点积攒起来的，是她数年辛劳的血汗钱。最重要的是儿子新婚在即，老公单位分了一套两居室的新房，这钱是从银行取出来，准备用于装修新房，给儿子结婚用的。这钱一下子没了，到哪里再去筹钱为儿子装修新房？赵女士连日来愁眉紧锁、不思茶饭、整夜睡不安稳……

那天她带着存折，到大市口的工商银行把钱取出来，放在背包里，然后步出银行大门，向右拐弯。银行门口摆了许多摊点，人多嘈杂。她记得似乎被人轻轻撞了一下，等她走出十来米后猝然发现，肩上的背包轻了许多。再往下一瞅，糟了，背包底被划破一道口子，刚从银行取出的钱没了。

她感到一股热血猛地蹿上脑门，眼前一阵眩晕，几乎要栽倒下去。这是用来给儿子装修婚房的钱。她泪水止不住地簌簌往下掉。就这样她一路泪流满面地走到了大市口派出所报案。大市口派出所侦查了两天，未查出结果。镇江市公安局警务装备科的一位同志到大市口派出所办事，听说了这件事，就提醒他们找胡大个子，他是这方面的专家。

赵女士是镇江水泥厂厂长的嫂子。厂长带着嫂子到京口分局刑警大队找胡雪林，请他帮忙。胡雪林听了案情后说："不敢保证你这个案子必破。我尽力吧！"

随后，厂长和赵女士就天天跟在胡雪林屁股后面转，看他如何侦查这个案子。赵女士心焦如焚，恨不得立马就把丢失的钱找回来。胡雪林先到赵女士取款的工行门口走访。那时，银行门口不像现在装有可监控的摄像头，无影像资料可供侦查。工行门口熙熙攘攘很是热闹，各种摊点摆了一溜。有修车的，有擦皮鞋的，有卖炒货的……一

街头的各种摊点（李东明 摄）

位女士说："前两天看到有两个人高马大的女人老在银行门口转，听口音像是东北人，不知为什么这两天不见了。"胡雪林听了心里"咯噔"了一下。接下来他就到附近一家一家查访小旅馆，询问有无东北来的女性入住。一般外地窃贼大多住在价格低廉的小旅馆里。

第三天晚上，在距离大市口派出所仅200米的一家小旅馆里，胡雪林发现了一大帮从东北来的男男女女。他让服务员把所有客人都叫出来，集中在旅馆大堂里，然后一间客房一间客房搜查。检查时发现所有人都出来了，只有一间客房里有一个女人捂着被褥在睡觉，一看就知道是装的。胡雪林立即让所有男性都离开房间，然后指令赵女士："你去掀开被子把你的钱拿出来!"赵女士过去一拉开被子，一扎一扎的钱从床上掉下来，喜得赵女士狂呼："我的钱!我的钱!"

赵女士兴奋地说："胡大个子，你真是神了，你怎么就知道她把钱藏在被子里了?"

胡雪林笑了笑，反问道："你平时藏私房钱，喜欢放在哪里?"赵女士说："人家都说你神，原来你还懂人的心理呢!"

胡雪林在识别小偷方面并没有"特异功能"，但应该承认他能通过常人不注意的细节，判断对方是否有偷窃的企图。比如看对方的眼神，如果一个人的眼睛老在他人装钱包的口袋上溜来溜去，显然心存不良;比如小偷一般都不会穿高跟鞋、皮鞋，多穿松软易跑的平底鞋或旅游鞋，为的是被发现时方便逃脱……这些或许可看作小偷的一般性特征。

如果你认为了解了这些简单的窍门，就可以轻而易举地识别小偷，那谁都可以当反扒大队长了，那么胡雪林的过人之处也就不存

胡雪林不仅用眼睛看，还会用鼻子闻，用心灵感应

在了。应该承认，胡雪林在这方面或许有特殊的天赋。就像从事艺术创作的人一样，有些东西是别人无法轻易学到手的。偷窃手法花样繁多，具体到某个偷窃者身上，情况则会完全不同。而胡雪林的"神眼"也就"神"在这里：他能根据那些在各种情境中呈现的千变万化的细微特征，瞬间做出判断。

2009 年 10 月，镇江实验中学在市体育馆举行学生运动会。除了学校的师生，来看热闹的还有很多市民。体育馆门外停满了自行车、电动车、摩托车，除非家中经济困窘，父母给孩子买的上学用的自行车、电动车大多为名牌高档车，有的学生骑的甚至是价值超过千元的山地车。这天上午，胡雪林和几个徒弟坐在面包车上，车子停在体育馆一侧。透过车窗，他们观察着马路上熙熙攘攘的人流……

　　这时有 4 个三四十岁、衣着光鲜的女人，都肩挎女式背包，晃晃悠悠地从面包车旁走过。胡雪林问徒弟："你们看，她们是干什么的？"徒弟知道师父既然问话，他心里其实已有了结论。他们又特地打量了一番 4 个过路女人，实在看不出她们有什么可疑迹象，就猜想"她们是走亲戚的？""她们是来接小孩的？"似乎都不像。走亲戚 4 个女人怎会凑巧碰在一起？若说是接小孩的母亲，衣着风格又明显不同于镇江本地人。那么她们是偷东西的？

　　"师父，她们穿得那么好，一路走一路说笑，不会是小偷吧？"徒弟刘阳说道。

　　胡雪林笑笑说："你们看着，不用 10 分钟，她们就会偷自行车！"

胡雪林喜欢找摊主咨询新电动车的销量情况

他的判断就来自对这 4 个女人眼神的观察，因为她们说话时，目光总往自行车锁上乜斜。她们为什么要刻意留心别人自行车的锁？企图不是再清楚不过？他看出来了，但一般人却看不出来。胡雪林要培养出合格的反扒接班人来，不是一件容易的事。很多事情，都得有"悟性"，这往往是师父教不出来的。

果然，只见一个女人走到一辆崭新的"捷安特"新车边，从肩上挎包里掏出一把钥匙，打开锁，骑上车就走了。哦，原来她们漂亮的女式背包里，装的不是化妆品，而是各种不同型号、规格的钥匙。

胡雪林让一徒弟跟踪过去。发现该女贼将车骑到虎踞桥停下了，等候另外 3 个同伴。等其余 3 个女贼陆续将车偷到手在虎踞桥会合时，胡雪林的面包车也到了。4 个女贼不知不觉中成了瓮中之鳖。

镇江电视台曾经报道过一个新闻，说的是一个女贼团伙偷来的东西堆成了小山，完全可以开一家小超市。这个故事还真有点离奇——

让我们随着记者的视角将摄像镜头切换到镇江火车站附近一家小旅馆。在一楼最里面的一间客房里，各种日用品花花绿绿：有各种品牌的服饰，有各类装着食品的小包，也有廉价的地摊货。如果把这些东西搁到货架上去，完全是一家小型的日用百货超市。只是这些物品从高档的到低质的，放在一起极不协调。

这些东西又是怎么来的呢？

2016 年冬季某日上午 10 点，胡雪林带驾驶员来到镇江太和广场。他看到在广场西侧的墙角，一个刚刚 20 岁出头的年轻女人坐在一只空蛇皮袋上晒太阳，这立即引起胡雪林的警觉。这么一个年纪轻轻的人，怎么闲得无事坐在这里晒太阳？

胡雪林对驾驶员说："你在这里盯紧她，不要让她溜掉，我到楼上办点事就来。"一会儿，胡雪林办完事回到车内，发现那个年轻女人屁股下的空蛇皮袋已经鼓起来了。

驾驶员说，有人不停地拎着小袋子给女人送东西过来。

事实证明了胡雪林的判断。胡雪林立即用手机通知了反扒大队的几个徒弟，到现场来分头跟踪这个偷窃团伙。有趣的是电视台记者获悉后扛着摄像机，要跟踪拍摄整个过程。他们发现一共有8个女人，外加两个10多岁的孩子，他们按照不同的分工，流水线作业似的沿街偷窃那些专卖店和小超市的货品。有人专门掩护，有人趁机下手，把偷到的东西转手装到同伙的小袋子里，然后再把小袋里的物品装到晒太阳女人的大口袋里。晒太阳女人年轻力壮，承担"运输大队长"的职能，等大蛇皮袋装满了，她就背着袋子乘公交车至火车站附近的旅馆。

令人惊诧的是她们"流水作业"效率之高超乎想象，从上午10点到下午2点半，她们居然已经偷窃到手600多件大小、价值不等的物品。当她们被全部擒获后，电视台记者跟随到小旅馆房间，就见到了开头一幕……

这条新闻的余温尚未散去，一个星期后，胡雪林竟然抓了一批老太太，《智擒千岁女贼团》的新闻又上了《扬子晚报》二版"社会新闻"的头条。

当今时代都讲创新，做贼的认为自己也要"与时俱进，创新发展"。安徽××县的陈老板就是这么想的。3年前，陈老板和几个老乡集资组建了大篷车演出团，每逢农村的庙会、集场，就带领十几个年轻的姐妹赶过去为当地的村民演出。一开始，由于他们排练的节目比较简单，加之上台的演员大多没有经过专业训练，一天下来，也挣不了几个钱。

陈老板心急如焚，一时不知如何是好。这时，有人给他出主意："何不改变演出内容，用新奇刺激的节目去招揽观众？"

陈老板一听兴奋劲就上来了，说改就改。他将原先的歌舞、杂技等传统节目进行压缩，让穿着比基尼的女子上台与蛇共舞，还请来舞蹈艺人大跳兔子舞、宫廷舞，一些艳舞也不时穿插其中。此招果然奏效，他们的大篷车每到一个乡镇都会引起轰动，连一些上了岁数的老大爷也钻进帐篷里，眼睛直勾勾地盯着美女的胸和腿。然而，好景不长，他们在苏州水乡周庄的一次演出中，被当地群众举报了，当地市场监管与公安部门联手对他们进行了查处，不仅吊销了演出证，还给他们开出了 20 万元的罚款。

灰溜溜回到老家的陈老板闭门不出，整天坐在家里望着门外发呆，生意没了，人也散了，这个日子怎么过啊！

一天，和他一起合伙跑江湖的邻村老刘找上门来了，神秘兮兮地说："咱附近几个村的人出去都发财了！"

"怎么发的财？"绝望之中的陈老板仿佛看到了救命稻草。

老刘伸出两根手指头，做了一个夹包的动作。

"盗窃？"陈老板一下子睁大了眼睛，然后赶紧摆摆手说："做小偷可不行，不仅辱没了门风，还要背负一辈子的骂名。"

"嗨！不是让你去偷，我们只是把当地的小偷组织起来，利用大篷车做掩护，到各个乡镇去发财。"老刘赶紧补充道。

"这倒是一个办法，咱们附近几个村这几年出去做扒手发财的比比皆是，看着他们一个个回来腰缠万贯的神气样子，我就恨得牙痒痒。"陈老板想发财的劲儿又上来了。

陈老板曾经给他们算过一笔账，在当地建一幢简单的两层楼房需要 8 万元，如果是框架结构的需要 20 万元，但是隔壁几个村不少房子十分豪华，每栋起码花费 50 万元，还不算家里的高档电器。几年就盖起了这么豪华的房子，靠打工能行吗？

陈老板想着如何东山再起，他让老刘悄悄去各个村摸排、动员，看看有没有人愿意和他们一起出去"发财"。

令陈老板没有想到的是，老刘一呼即应，尤其是在家留守的老太太，看着年轻人远走他乡发了财，正眼馋着呢！

陈老板随即组织他们乘大篷车向江浙一带出发。用少量的年轻人应付表演，将十几个老年妇女分成 6 个小组，两人一组"扫街"。

陈老板心里清楚得很，人们都是同情弱者的，谁会怀疑这些老太太是贼呢？

陈老板还对她们进行了一番培训：首先，在心理上要做到不心虚，心虚就会胆怯，要光明正大，这是你们的工作，按劳分配，多劳多得。其次，在人们眼中小偷都是贼眉鼠眼的，但他让这些老太太穿金戴银，打扮成贵妇人。俗语说，饱暖思淫欲，饥寒起盗心。贵妇人还缺钱花吗？有钱人还会当贼吗？

他带着大篷车演出团继续流窜到各地庙会或集市作案，他手下有一帮人负责演出，而这帮老太太则装作逛庙会，实则专门偷窃，并屡屡得手。陈老板财源滚滚。

陈老板有一本工作笔记，上面详细地记录着全国各地小城镇举办庙会的时间。

镇江丹徒区的辛丰镇，每年农历二月初八都要举办一场盛大的庙会。庙会上，人山人海，可真热闹。五花八门的东西让人目不暇接。先说那卖吃的：香甜的巧克力惹人喜爱，酸甜的糖葫芦让人馋掉牙……再说那卖玩具的：各种各样的大气球，五颜六色的毛绒玩具，五花八门的小面人，还有红色的纸灯笼呢！再说那蔬菜：又红又大的西红柿真可爱，嫩嫩的韭菜真便宜，绿色的豆角卖得快……最吸引人的要数那栩栩如生的皮影戏。你看那"乌龟"，时而从这爬到那，时而把头缩回去又出来，看它这个样子可不像假的。那"仙鹤"的脖子伸缩自如，一会低头"捉鱼"，一会抬头望远，有趣极了。

这时，陈老板也来凑热闹了，一阵敲锣打鼓，好戏便开场！

这一天，辛丰镇派出所所长特地请胡雪林过来帮忙抓小偷。因为每年庙会都会发生许多失窃案件，这给本来喜庆的民间集会平添了一抹阴影。

胡雪林一早就赶到庙会，一上午就抓了 6 个扒手。到中午时，镇上民警请他到派出所吃饭。他刚走进派出所，便听到一片啼哭声。六七个农村老人，有男有女，说他们的钱包丢了，请求民警帮他们破案。农村老人的钱来之不易，平日里省吃俭用，本想到庙会上买些生活必需品，可还没捂热就被贼给偷了。

胡雪林看了一下这些老人放钱的地方，以及被窃的特征，几乎相同。农村老人出门最怕招贼，他们几乎都把带出来的钱用一块手帕，里三层外三层地包裹着，然后放在里面的口袋里，袋口有的用纽扣锁死，有的甚至用针线缝得密密的。如此保管钱的方式应该是"万无一失"了。偏偏小偷摸准了他们存钱的方式，用刀片把里面的口袋从下面划开一条缝，手帕包裹的钱自然就掉下去了。

面对这些无助的老人，胡雪林怒火中烧，他没有心思坐下来吃饭了，直接回到了庙会上人流最密集的地方。

胡雪林在熙熙攘攘的人流中搜索，突然，眼前一亮，两个形迹可疑的人进入了他的视线。结伴而行的这两个人都是女人，一个是 70 多岁的老太太，另一个是三四十岁的中年妇女。打扮得很贵气，耳环、戒指、手镯、项链，大凡女人喜欢的饰品她身上都有。

中年妇女紧紧挨着老太太，像是出来走亲戚的。有问题！你想一想，时至中午，如果是外地来走亲戚的，应该在亲戚家吃饭，不应该在这个时间闲逛。

胡雪林再仔细看看人堆里，像这样一老一少结伴闲逛的妇女还有不少，而且上衣穿的全是一色的对襟藏青布衣。几个老太太相遇时，经常会微微眨下眼，或是点一下头。就这一点也没有逃过胡雪林的眼睛。刹那间，胡雪林的思路像被闪电照亮：对，这很可能是团伙作案，不是一个，是一伙。有小偷抓了，他顿觉浑身上下都铆足了劲！

胆大心细是胡雪林的一个特点。他不远不近地跟着其中一对妇女在人群中转悠，不一会儿，她们果然下手了！老太太用手捏了一下一个农家妇女的口袋，发现里面有"货"，她从嘴巴里取出含着的刀片，在农村妇女的口袋下面迅速划出一道裂缝，"钱包"随即从那道裂缝掉下来，与老太太结伴的中年妇女则在瞬间捡起"钱包"，塞进自己的口袋。然后，中年妇女就离开了人群，跑到街边的巷子里，把包裹钱的手帕解开扔掉，取出里面的钱，又若无其事地与老太太汇合。

胡雪林大吃一惊，他对老太太从来都很敬重，因为她们身上有妈妈的影子，没有想到这么大年纪的老太太也会干这种勾当！

胡雪林没有马上动手，他怕打草惊蛇，抓了一个，会跑掉一窝。他立刻通知当地的联防队员隐藏在巷子里，只要看到有老太太或中年妇女到巷子里，就悄悄地抓起来。就这样，这帮女贼先后统统落网。

没有想到，同类作案的人员竟有10多个，年龄最大的居然高达

82 岁，老太们的年纪加起来要超过 1000 岁。她们的"贼头"就是大篷车演出团的陈老板。

陈老板精心策划组织的"千岁女贼团"在外地风光一时，不料到镇江却栽在了"胡大个子"手里！

4. 聋哑人团伙的覆灭

秋日的午后，阳光火辣辣的，丝毫不留情面地炽烤着大地。马路上的车辆懒懒的、散散的，寥寥的行人更是燥热不安。

这天，辽宁松花江艺术团结束了在镇江的最后一场演出，副团长一看返程机票是晚上 8 点，还有一下午逗留的时间，他便向经纪人提议去游金山寺。于是，几个人坐上一辆轿车，沿长江路急速而去。

车进市区，在经过解放路的交叉路口时，道路中间突然冒出两个小青年，司机小王一个急刹车，定睛细看，却是两人在打架。

两个小青年衣衫褴褛、蓬头垢面，在马路中间左推右搡。坐在后排的副团长急了，他们在镇江市逗留的时间不多，如果耽搁了行程，就赶不上飞机了！

司机小王把车停稳后，他放下车窗，把头探出车外："喂，打架的，闪开一条道，让车过去！"

两个小青年始终不为所动，好像喊声跟他俩无关，依旧无所顾忌地厮打。副团长只好下车劝解，这才发现，这俩小青年不会说话，只会比画，而且手势奇特，看不明白，他心里明白了，他俩都是聋哑人。

见车上下了人，两个小青年停住了厮打，一前一后，将副团长夹在中间。

这时，马路边又钻出一个小青年，一溜烟跑到轿车跟前，一把抓起副团长座位上的黑挎包撒腿就跑。车上的人注意力都在副团长和两个打架的小青年身上，见有人抢包，才大喊起来："快，抓住那小子！"

抢包的小青年向前跑出不远，见身后有人追来，击鼓传花般将包扔给前面的另一个小青年，然后钻进马路边的一个小胡同，一转眼就不见了。

副团长叫苦不迭。黑挎包里，不仅有 2 万元现金，还有 19 张剧组人员返程的机票、6 张空白介绍信、一台笔记本电脑。

案子报到京口区公安局刑侦部门，专案组随后通知胡雪林参与调查。

副团长提供的线索很明显：抢他挎包的一共 5 人，年纪都在十五六岁，衣衫不整。打架的两个，是在分散他们的注意力；抢包的两个，一前一后，配合默契；最后跑出来的，好像是个放哨的，腿有点跛。

刑警们联想到近期发生的几起蹊跷的抢劫案。被害人普遍反映：抢他们的都是聋哑人，胆儿忒大，闹市之中也敢公然行抢，而且其中的一个腿跛。

常年与犯罪打交道，这个特殊的群体令刑警们很恼火，在他们掌握的"带腥味儿"的人员当中，从没听说有这么个"跛腿的聋哑人"。

最大的可能是：流窜作案。

从兄弟省份反馈的情报来看，一个聋哑人犯罪团伙正在"挥师南下"，这伙人几乎达到无物不抢的程度，气焰十分嚣张。

由于犯罪嫌疑人身份不同、犯罪区域不同，刑警们采取的侦查手段也不一样。这伙涉嫌抢劫的聋哑人的落脚藏身之地，或是火车站等公共场所，或是地沟。

　　分析完案情，胡雪林开口说："这几个聋哑人我打过照面，我把他们逮回来。"

　　话音刚落，胡雪林就去了镇江火车站。

　　几天后，"跛腿的聋哑人"在继续作案时被胡雪林抓了个现行，地点恰恰是在火车站。

　　抓他时，他正在抢一个老太太兜里的钱，他的同伙因不在身边，得以侥幸逃脱。

　　毋庸置疑，让聋哑人"开口说话"这个重任，就落在了胡雪林的身上。被抓的这个聋哑人挺有性格，在胡雪林和陪审的干警眼皮底下熬了俩通宵，翻译哑语，肢体对话，写字交流……警察啥招都用过了，都无济于事。

　　他随后被刑事拘留，羁押在镇江市看守所。

　　进所后，这个聋哑人情绪波动很大，抵触情绪也很强，跟谁都很敌视，摆出一副"死猪不怕开水烫"的架势。

　　案情重大，上面催得急，局领导的压力也挺大。胡雪林三番五次找他"过招"。管教介绍说："这个聋哑人在监号里装疯卖傻，随处大小便。"

　　胡雪林经得多、见得广，心想："这都是犯罪嫌疑人在为内心的恐惧打掩护，证明身上一定有案子。"

　　手语交流不奏效，就在情感上沟通。胡雪林让管教给犯罪嫌疑人安排了一个单独的监号，给他买来了牙膏、牙刷、毛巾、香皂等生活用品，还给他换上了一套新衣服。

这个犯罪嫌疑人虽然外表邋遢，但很爱干净。从眼神儿里看出，他因这件事儿很动容。胡雪林抓住这一细节，试图再次与他交流。每当这时，他便俯首沉默，目光茫然。

是真疯，还是装傻？胡雪林把他带到医院做体检，结果出来了，是个健康人，只是不能开口说话。那他为什么装疯卖傻呢？最恰当的解释是：此地无银三百两。他想蒙混过关。

关系缓和了，胡雪林看着时机差不多成熟了，便在地上画图、写字，与犯罪嫌疑人亲密接触。

犯罪嫌疑人悟性挺高，胡雪林画的画，他一看就明白。有时，看到开心处，还会"咯咯"地笑，模样很天真。见胡雪林貌似强悍，内心却挺随和，他便手指蘸凉水，在地上写了俩字："好人"，还冲胡雪林伸了个大拇指。

"你会写字啊！"胡雪林喜出望外。两人你一笔，我一画，"聊"得很"投机"。"聊"了一会儿，胡雪林突然问："你叫什么名字？家住哪儿啊？"

架不住软磨硬泡，犯罪嫌疑人终于"开口说话"了。水泥地面上，工工整整写了几个大字：黄志明，16岁，呼和浩特。

审讯一连持续几天，胡雪林终于弄清了犯罪嫌疑人的情况。

黄志明，内蒙古呼和浩特人，父母都是郊县农民，辛辛苦苦挣的钱，全都搭在这个苦命的儿子身上。黄志明先天性聋哑，左腿残疾，父母四处求医问药，也没治好他的病。

父母在得知医治无望后，便省吃俭用，将他送进了聋哑学校，让他一边学习文化知识，一边学习谋生本领。黄志明悟性高，一学便会，练就了一门刻图章的好手艺。尤其对雕刻表现出异乎寻常的天赋和兴趣。

年初，黄志明告别父母，投奔在南京的舅舅，并在夫子庙租了柜台，专门做裱画、篆刻生意。

如今，篆刻的人越来越少，裱画的更是寥寥无几。黄志明生意做得不景气，连生活费都挣不来。

俗话说，物以类聚，人以群分。在南京谋生的日子里，黄志明结交了几个聋哑人朋友……

"交谈"到这儿，黄志明不往下"说"了。胡雪林心里明白，接下来的故事才是最实质的。

他耐着性子，东拉西扯唠别的，唠着唠着，突然又问："你朋友都是干啥的？"

黄志明自知"语失"，唠到这份儿上，只好"全部吐出"。

结交这几个聋哑人朋友是黄志明此生最大的错。他没吃的，朋友给买；他没住的，朋友给找。朋友的恩情令他感激，不知不觉间，他已陷入了一个特殊的犯罪群体。

"老大"名叫王大奎，年逾而立，手下网罗了全国各地10多个聋哑人，专以偷盗抢劫为生。见黄志明人乖巧，头脑又机灵，王大奎便想方设法拉他入伙。正为谋生发愁的黄志明禁不住诱惑，很快成为团伙中的一员。黄志明还邀请老家的几个聋哑同学入了伙。聋哑人作案不易引人注意，虽伎俩不高，却屡屡得手。他们在南京肆无忌惮，"生意"做得风生水起。他们挺讲"义气"，不知道藏心眼儿，偷抢的钱，二一添作五，从不多花一分。

接二连三的偷盗抢劫案，引起了南京警方的注意。几个伙伴相继落网，剩下的纷纷作鸟兽散。

黄志明和几个同学便逃到扬州、泰州、泰兴，又从江阴折回到镇江，每到一地，依旧偷盗抢劫。

抢劫松花江艺术团副团长那天，几个人来镇江市还不到一个星期，他们在街头到处乱撞，手头连买瓶水的钱都没有。

他们压根就不知道那个戴金丝眼镜的人是个"大人物"，更不知道那个黑挎包里有那么多值钱的东西。他们没坐过飞机，19张机票对他们毫无用处，被他们撕碎后，连同那6张空白介绍信一同扔进了垃圾桶。

按惯例，抢来的钱，二一添作五，不多不少，每人4000元。由于不懂行情，他们将那台笔记本电脑以1000元卖给了大街上一个收破烂的。

他们很会享受，先去洗浴中心洗了澡，然后，又去商场消费了一圈，从上到下，焕然一新。最后，找了家上档次的饭店，一饱口福。

有了钱，他们知道该咋花。只是，到手的钱还没花完，黄志明就"进来"了。

黄志明对他的"进来"很惋惜。被抓时，身上还有2000多元没花完。他后悔没把钱寄给远在呼和浩特的父母。长这么大，父母还没花过他一分钱，而他们辛辛苦苦挣的钱都花在了他身上。

胡雪林和黄志明整整"聊"了两天。说来也怪，刚抓到黄志明时，胡雪林恨不得让他马上"开口说话"，了解了他的身世后，胡雪林心情十分沉重。

按照黄志明提供的线索，黄志明的另外4个同伙很快落入了法网。

至此，这起引起镇江市公安局领导和社会各界广泛关注的聋哑人特大抢劫案画上圆满的句号。

国庆前夕，在浓浓秋意的包围下，胡雪林再次去看守所看黄志明。胡雪林明显感到，他比刚进来时白多了。

"交谈"中，胡雪林了解到，黄志明的心里还藏着一个小秘密。

其实，他一直想当一个雕刻家。

黄志明"告诉"胡雪林，入监后，他学了很多法律知识，知道自己犯了什么罪和将要付出的代价，他要吸取教训，痛改前非，出来后好好孝敬父母，可能的情况下，再去圆自己雕刻家的梦。

胡雪林身材高大威猛，看上去很粗，却是粗中有细，善于总结反扒经验。胡雪林认为两类扒窃犯罪嫌疑人不易打击：一类是带着未成年人作案的犯罪嫌疑人，另一类就是聋哑人。

一些犯罪嫌疑人为了逃避打击，故意带着未成年人作案。一旦公安机关准备对其采取强制措施，他们就会以无赖的方式将其携带的孩子带到派出所，迫使公安机关无法对其采取强制措施。为了彻底打击这类犯罪嫌疑人的嚣张气焰，还镇江民众平静的生活空间，胡雪林主动联系收容院，将犯罪嫌疑人携带的孩子送到收容院救助，再依法处理犯罪嫌疑人。由于担心孩子在收容院生活不习惯，犯罪嫌疑人一听到胡雪林要将孩子送到收容院，就会主动通知其亲友将孩子接走，这样犯罪嫌疑人就无法以小孩需要照顾为借口，逃避法律处罚。不过，胡雪林坦言，将小孩送往收容院是自己唱的"空城计"。

由于聋哑人的特殊身份，加之审讯上有难度，公安机关对有犯罪嫌疑的聋哑人往往是抓了放，放了又抓。为了有效地遏制聋哑人犯罪，胡雪林让人在旅馆信息系统中增加了一个识别聋哑人的模块。一旦聋哑犯罪嫌疑人住宾馆，公安网就会报警。反扒队员闻警即动，立即前往其入住的宾馆调查了解，将反扒工作的模式从被动打击转变为主动进攻。据胡雪林介绍，聋哑犯罪嫌疑人经常衣着光鲜，身背书包，刻意将自己打扮成学生模样，以此麻痹被害人，公交车、食堂则是聋哑人最喜欢的作案地点。看来，胡大个子还是个

每当新式电瓶车上市，胡雪林都要了解开锁的方法

喜欢琢磨问题的人，难怪他能时时将自己的"第六感"开发出来。

有一段时间，镇江连续发生了60多起小轿车和摩托车车内物品被盗案件。在如此短的时间内发生这么多起手段相似的案件，极为罕见。

丹阳界牌镇一老板轿车后备厢内，一只装了17万元现金的包不翼而飞了；在丹阳市区，一位女老板临时停车办事，不到一小时，回来发现副驾驶位上装了7万元现金的拎包，连同后座上的3台笔记本电脑，全都被偷了。另外，前右侧车窗玻璃被砸碎了。但周围人都说，没有听到砸玻璃的声音；还有瓜洲一家工厂的出纳，骑摩托到不远的农业银行取了18000块钱，装在一只纸袋里，纸袋锁在摩托车后备厢里。她把摩托停在厂门边，进厂里叫人来取工资款，进去不到一刻钟，当厂里人跟她到厂门口取款时，后备厢锁已被撬开，钱袋没了……

警方接连接到报警，却苦苦寻找不到贼影。

市局把有关案情通报给胡雪林，让他重点侦查一下类似的车辆物品被盗的作案线索。胡雪林就骑着自行车到处兜风。这天，他和一位徒弟在大润发超市门口修自行车的摊边给自行车打气，发现两个聋哑人打着手势，向摊主买了两根自行车轮上用的钢丝。胡雪林问徒弟："你猜他们买钢丝干什么？"徒弟答："用来装在自行车上吧。"胡雪林摇摇头，"不大可能吧。要知道自己动手往自行车轮毂里装钢丝很麻烦，要把轮子卸下来，还得拆轮胎，弄得两手油污。一般人不会为了省几个钱干这个。"

"那是用来干什么呢？"

"我看他们是用来做成钩子，用于从车窗玻璃缝隙插进去偷东西，还有用来开车锁。"

那时买私家轿车的人刚刚多起来，汽车品种比较单一，街上跑的基本都是普桑。开普桑的都是中国改革开放后首先富起来的一批人。普桑门锁的构造简单，稍微有点技术就可以打开。

徒弟听了胡雪林的判断，将信将疑。

"跟上他们!"

胡雪林和徒弟骑着自行车远远地跟在这两个买钢丝的聋哑人后边。到了京口路，两个聋哑人拐进了小巷里一间出租屋。一了解，这间出租屋里居然住了8个聋哑人，他们群居在一起干什么？后来的事实证实了胡雪林的判断：这是一个专门从事偷窃的团伙。这8个人中，每天有5个人出去作案，3人在家留守，负责买菜烧饭等后勤保障工作。

连续跟踪了几天，胡雪林他们终于发现其中两人对停在移动公司不远处的一辆越野车下手了。

他们用厚厚的衣服包裹着石头，使劲向车窗砸去。这样，车窗被砸开了，但听不到玻璃的碎裂声。两人从车内取出一台笔记本电脑和一只诺基亚手机。刚刚把东西从车内取出，两人的手腕就被"老虎钳"似的大手"钳"住，随之锃亮的手铐将两人铐到了一起。

将这两人关进派出所后，胡雪林和几个便衣警察就到偷窃团伙居住的出租屋边守候。待到外出"猎食"者陆续归巢后，他们冲进去，将几个嫌疑人全部擒获。审讯结果表明，60多起车内偷窃案皆是这伙人所为。他们或用钢丝开锁，或用包着衣服的石头砸窗。他们皆20余岁，来自山西、四川、苏北多个地方。

清明时节雨纷纷，路上行人欲断魂。2008年清明的雨水，从早晨起淅淅沥沥，到了下午却越来越稠密，再后来便完全没了江南春雨的细柔，变得像北方汉子似的鲁莽，这场越来越猛的清明雨水"哗啦啦"地往下泼洒。

镇江大西路山巷广场一辆桑塔纳轿车边站着一位女士，手中握着一把雨伞。奇怪的是她却没有撑开雨伞遮挡风雨，而是一任雨水吹打，头发梢往下不停滴水，身上衣服湿透了她却似感觉不到一般。

她是镇江高资镇水泥预制板厂厂长，今天她开着桑塔纳带着一辆货车给客户送货。货送完了，货车先回厂了，她到山巷广场这边办点事，桑塔纳轿车停在广场停车场，等办完事回来，发现车门没锁，里面一只拎包没了。她清清楚楚地记得，离开时车门是锁上的，现在不知怎么被打开了。最让她承受不了的是存放重要文件资料的拎包没有了。她脑袋顿时"嗡"的一下，意识到这只包肯定被小偷拎了。包里的18000元现金丢失了不算什么，最重要的是包内有价值76万元客户未付款的欠条、合同。这些欠条、合同是要求客户还款的法律凭证。没有了这些欠条、合同，客户凭什么给她支付货款呢？

对小偷来说，18000 元现金才是最大的收获，价值 76 万元的货款欠条、合同却如同一堆废纸。她在雨中苦苦守候，虽然她明知被窃的拎包再回到她手中的可能十分渺茫，但她还是存有一线"渺茫"的期待，在雨中不想离开……

　　让我们把场景切换一下——

　　清明节下午，胡雪林和他的徒弟开着面包车来到大市口附近 3 路公交车站旁。胡雪林看到公交车上有两个聋哑人相互间打手语。其中一人手掌相叠，胡雪林知道那是厚厚一叠的意思。据此，胡雪林判断，那意味着他们偷的东西已经到手了。只见他们两人下车后，拦了一辆出租车，开往东门方向。胡雪林的面包车也一路跟过去。出租车在京口区政府后面一个网吧门口停下，那两人下车进了网吧。徒弟要下车动手抓他们，胡雪林拉住他的胳膊："等等，先看看他们有没有同伙。"约莫过了一刻钟，两个人变成了三个，从网吧出来，又一起拐进了网吧边一个小面馆。胡雪林说："再等 5 分钟我们过去，等他们分赃时再抓！"等了 5 分钟，胡雪林和徒弟冲进去，果然三个人正在分钱，每人面前放了 6000 块钱，一共 18000 块钱。他们承认钱是刚刚偷来的。其中一个打手语问："把钱全给你们，能不能把我们放了？"

　　胡雪林告诉他们："要想从轻处理，你们得交代钱从哪里偷来的？"这个人用手比画："行，我带你们去！"于是几个聋哑人上了面包车，在其中一人的指引下，车子开到了大西路山巷广场一辆桑塔纳车边。在大雨中呆立的女老板没想到，丢失的 18000 块钱居然奇迹般地回来了。更重要的是在其中一人的引导下，她在广电局大厦的工地上，找到了被他们扔掉的拎包，里面价值 76 万元的欠条和合同一份不少。她千恩万谢，几乎就要向胡雪林下跪了……

谈到聋哑人作案，胡雪林有一肚子话要说。让胡雪林生气的是，有的人是故意装聋作哑。

那是一个春雨潇潇的上午，胡雪林在长途汽车站一下子擒获了8名聋哑小偷，三女五男。胡雪林将他们带到公安局公交治安分局。胡雪林从8人的姿势、眼神判断，这伙人中并不全是聋哑人。为了检测他们中谁真谁假，他猛然大喝一声"坐下"。

8人中有4人——两男两女闻声不由自主地坐下了。

"你们居然装聋作哑骗我？"

据那4人交代，是几个聋哑人写纸条让他们装聋作哑，这样作案时被发现，容易获得失主的同情而脱身。即使被警察抓住，也会因残疾而获轻判。没料到胡大个子略施小计就戳穿了他们的把戏。

蹲点守候是胡雪林的常用方法

为了彻底了解聋哑人作案的内幕，胡雪林还让一位 31 岁的聋哑人做了自己的翻译。

这位翻译姓张，是盐城射阳人。他小时候生病，因用药不当而成了聋哑人。16 岁时离家投靠在镇江福利院工作的姐姐。姐姐家也不富裕，只能供他一碗饭吃。因找不到工作，他就和同样是聋哑人的一帮小偷混在一起。

开始是别人偷，张某帮着望风，后来自己也偷，在一次作案时被胡雪林抓获，被判处一年拘役。从看守所出来后，胡雪林了解到他无工作，无经济收入，就跟他说："你到我这里上班吧，我这里负责给你交养老、医疗等社会保险，再给你一点基本生活费，你抓到小偷我给你奖励！"

胡雪林看到张某夫妻两人睡一张很小的床，就派人买了一张大床送到他家中；房间里没空调，夏日酷暑难熬，胡雪林又送给他一台二手挂壁空调。更让张某感动的是，胡雪林想方设法将他同是聋哑人的老婆安排到一家节能灯泡厂工作，再加上他本人到反扒大队做翻译，两口子有了基本的生活保障。张某感激涕零，"说"："胡大，我一辈子感激你。放心，我再也不会去偷了。"张某不仅洗心革面，而且从此成了胡雪林麾下反扒的得力帮手。由于他特别熟悉聋哑小偷扒窃规律、特征，时间不长，先后帮助胡雪林抓获了 40 多个聋哑小偷。

老家在安徽阜阳农村的王某，也是个聋哑人，从小就外出流浪，多次因伙同别人从事偷窃活动被判刑。胡雪林开导他："你都是 50 岁出头的人了，不要再干那种缺德事了！"

老王一脸无奈，打着手势比画："我也不想做，可是日子难挨啊！"

老王娶了个双腿残疾的老婆，无工作能力，要靠他养。可他连养活自己都很艰难。他弄了一辆三轮车拉客，因无身份证，上不了牌照，经常被城管人员赶得东躲西藏，有时还被罚款。他到老家派出所办身份证，老家村干部和民警说这里没有他的户籍，不能办！半夜醒来，他便长时间无法入睡，觉得自己成了这个世界上多余的人。

胡雪林听完他的诉说，就从镇江市公安局开具了一份证明，说明此人原籍为阜阳某某村，外出打工数十年，现在镇江自谋职业，无负案在身，请他老家村委会和派出所帮助补办身份证。这份权威部门出具的证明起了重要作用，老王回老家顺利办到了身份证。然后，胡雪林又找人帮老王的三轮车上了正规牌照。从此，老王可以正大光明地从事运营活动，用不着像过去那样，因是"黑车"而担惊受怕了。

每月虽然挣钱不多，但是靠双腿一点一点蹬出来的汗水钱，来路正当，老王夜里睡觉踏实。

5. 在"死亡"和"利诱"之间穿越

胡雪林遇到的两名偷窃分子，都是镇江某中等职业技术学校的学生，当他们的偷窃行为被胡雪林发现时，他们竟欲置胡雪林于死地，这是胡雪林反扒生涯中遭遇的最危险的一次经历。

那天晚上已是9点多了，在闹市、集市转了一天的胡雪林，两腿酸软，全身疲惫，正骑着自行车往家赶。骑到东门展销馆附近，胡雪林看到两个十八九岁的小伙子，正在不远的阴暗处用大夹钳"咯吱咯吱"地钳着一辆新自行车的锁。胡雪林急忙下车，把自己的自行车向他们甩过去，随后就冲上去生擒他们。

其中一人说："不用怕，他就一人！"

另一人便挥动着沉重的大夹钳朝胡雪林头部劈过来，胡雪林头一歪避让开了。小偷向他掼长柄大夹钳时显然使出了浑身力气，欲置他于死地。钳头落空砸到水泥地上，溅出一片火星。钳柄分离，其手掌被震麻，疼得嘴巴直咧咧。胡雪林为避让这致命的一钳，身子歪倒在地，紧接着他一个鹞子翻身爬起来把掉在地上的钳子踢开，将凶手扑倒在地，另一小偷见此情形扑将过来，使劲地揪住胡雪林的脖颈，想把他拉开，帮助同伙逃脱。三人扭打成一团。恰好，有两个市民经过，胡雪林高喊："快帮忙，抓偷车的！"两个市民闻讯立即冲上来帮忙，改变了双方原先力量不均衡的局面。由二比一，变为三比二。胡雪林腾出手来掏出手铐，将俩小偷的手铐到了一起。

经派出所讯问调查，这两个年轻的偷车贼，均为镇江某中等职业技术学校的学生。更让人震惊的是，此二人的12名男同学均为偷窃各类名牌新自行车的窃贼。他们组成了一个由在校学生构成的偷窃团伙，已经偷窃自行车127辆，有的自用，有的被贱价出售。这个由在校学生组成的小偷团伙成员，有几个共同特点，一是全部来自镇江郊区的住宿生，父母鞭长莫及管不着；二是家庭经济条件相对较差；三是学习成绩均不佳，逃课、逃学已成家常便饭。

胡雪林当夜整整一宿没睡着，一是因与两个年轻力壮的小偷搏斗已经耗尽力气，有全身虚脱之感；二是那把几乎让他丧命的大夹钳，总在他眼前不停舞动，火星四溅……

在胡雪林的反扒生涯中，与"死神"擦肩而过的案例比比皆是，胡雪林已经习惯，但他从没有胆怯，他像一位独行侠，一如既往地

123

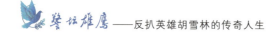

行走在他的江湖世界。

那是 1989 年 5 月，胡雪林成为职业反扒人员的时间还不长，他的孩子还在上幼儿园。一大早，他骑车送孩子去幼儿园。在距幼儿园大门 100 米处，他看到一个身着西装的 30 岁上下的男子在幼儿园门口转悠来转悠去，既不是来送孩子入托，也不像是在等人。从穿着判断，也不像本地人。那么他在这儿干什么呢？

胡雪林从潜意识里感觉，这男子肯定就是他们每天要侦查打击的对象。

想是这么想，没有把柄抓在手里，是不能轻易碰他的。这时，胡雪林看到一位他熟悉的在市财政局工作的女同志也来送孩子入托，从时间上估算，她应该是送完孩子就准备直接去上班。孩子坐在自行车后座上，她的拎包就搁在自行车龙头前的筐子里。到了幼儿园门口，该女子先将自行车停稳，就在她转身抱孩子下车时，男子动作如闪电般迅疾地抓起自行车前筐内的拎包，往西装内胳肢窝里一塞，便转身快步离开。他没想到的是，他的行为早已被胡雪林看得清清楚楚。

胡雪林立马让孩子进园，自己跨上自行车向男子飞驰过去。男子见状撒腿就逃，胡雪林紧追不舍。转过两条路后，活该这贼倒霉，他竟钻进了一条死胡同。

胡雪林将他堵住了，小偷无路可逃，怒气冲冲地吼道："我又不是偷你的包，你狗拿耗子——多管闲事！"

胡雪林没回答他，从腰间掏出锃亮的手铐。小青年一看傻了，捡起地上一块青砖，死命地向胡雪林砸来。胡雪林头一偏，砖头砸在了墙上，"砰"的一声，断成两截。

小偷见没砸着，又从地上操起一根锈迹斑斑的铁棍，朝胡雪林面部"呼"地飞将过来。

好个胡雪林，他镇定自若，不躲不避，待铁棍快接近面部时，两手腾空，抓住飞来的铁棍，就势向前一拽，这个贼一个狗吃屎，"扑通"一声就趴在了地上。贼知道今天遇到了强手，只得跪在地上哭天喊地。那哭腔惹得周围看热闹的人哈哈大笑。

小偷只得认栽，把夹在西装里的女包拿出来交给胡雪林，又说："我身边有2000多块钱也给你，你就把我放了吧！"他居然天真地企图通过"即时行贿"逃脱法网。

"收起你的鬼把戏，老老实实跟我走吧！"

他拽着小偷回到幼儿园门口，把包归还给心急如焚的失主，然

胡雪林像一位独行侠，依然行走在他的江湖世界

125

后又让失主一起到派出所作证言笔录。该男子则被送进收容站审查，因他身份证用的是假名，无法对他进行审判。此贼因不肯交代真名，被收容站关了整整一年。又过了两个月，他终于憋不住了，道出了真实姓名，让胡雪林没有想到的是，此贼正是公安部面向全国通缉的盗窃犯。

原来，此贼先是参与了四川一个4人盗窃团伙，盗窃了4万元铁路运输物资，另3人已落网被判刑，只有他一人逃脱。然后，他从四川逃到拉萨，一天深夜，潜入拉萨市中级人民法院，撬开办公室的抽屉，发现里面没有现金或贵重物品，只有一把保险柜的钥匙。他一阵狂喜，以为保险柜里定有大量现钞。没料到，打开保险柜发现。里面存放的是4把六四式手枪。虽不是他最想要的东西，但不拿白不拿。他把枪全部窃走，从拉萨爬货车又流窜到西宁，把两把手枪抵押给一个水果摊摊主，向摊主借了300元路费，乘火车投奔镇江丹徒的一位老乡。身边两把手枪则暂藏于老乡处，当然老乡是不知情的。

他晚上住在老乡处，白天出门行窃。两次已窃得2000多元人民币。第三次在幼儿园拎包时，他撞上了克星胡雪林。一个集重大盗窃案和重大盗枪案于一身的在逃罪犯，就此落网。

消息传到拉萨，参与此案侦破工作的公安民警额手称庆，欣喜万分。快两年了，这起惊动全国公安系统的失枪案终于告破了。

立下头功的胡雪林非常开心，他喊上几个徒弟，特意在家做了一桌好菜，痛痛快快地畅饮了一番。

在与盗窃分子的较量中，危险、死神常常伴随着胡雪林左右。

那是一个下着大雪的冬天，在一辆公交车进站后，一名彪形大汉穿着军大衣，趁旅客拥挤着上车的时机，把手伸进了一个旅客的口袋。这时，胡雪林扑上去，把他从车门处抱下来，重重地摔在地上。胡雪林用一只脚踩住了他的头颈，他一时动弹不得。就在这一瞬间，胡雪林发现他的右手伸进军大衣的内襟正在掏什么，他判断小偷大衣内可能有凶器，立即抓住扒手的右手臂，把扒手的右手别到后背来。等把扒手的两手铐住，剥下军大衣一看，里面藏着一把长达 30 厘米的匕首。事后，扒手威胁道："要不是你把我右手别住，明年的今日就是你的忌日！"

另有一个同样从北方某省来的扒手，在镇江大市口 10 路站台行窃时被胡雪林发现。当时扒手突然从腰间拔出匕首，用生硬的口气狂吼："你走开，不然就捅死你！"胡雪林冲上去，飞起一脚踢掉了扒手手中握着的匕首，扭住其双臂，将其生擒。

有一年夏天，一名聋哑扒手正躲在市区酒海街内一个偏僻角落"洗包"（清理偷来的钱包），被跟踪而来的胡雪林逮了个正着。聋哑小偷为了逃脱，像甲鱼似的张嘴一口死命咬住胡雪林的右手大拇指，胡雪林的手顿时鲜血淋漓……但小偷并没有因此从胡雪林手中逃脱。

在非典时期，有几个小偷从扬州过来作案，被胡雪林抓住。见胡雪林连口罩也没有戴，他们非常吃惊，感叹地说："这个时光你还出来？你不怕死？"

"在这个非常时期，你们不在家好好待着，还要到镇江来作案？"胡雪林问道。

其中一个小偷哭丧着脸说道："这一阵子，街面上没有一个警察，我们都发财了。每天出门碰到的全是同行，我们在扬州都不好意思了，便到镇江来试运气，没想到镇江的警察不怕死！"

面对单个小偷作案，胡雪林略施小计，手到擒来；遇到团伙行窃，胡雪林依然勇敢面对，直面生死。

有一次，胡雪林遇到了棘手事：在镇江东门一家服装展览馆，他发现了一伙来自西部的窃贼。数了数，一共有 12 人。他是从这拨人的神态、外貌特征、服饰等做出判断的。这些人在展馆里四处乱窜，越是人员密集的地方，他们越是像黄鳝打洞似的往里钻。那一双双贼眼不看那些款式、品牌各异的男女服饰，却老在别人的口袋、拎包、背包上滴溜溜转。

说棘手，是因为那时手机还不普及，无法联系到更多的帮手来对付这伙人。如果去打座机电话，他又担心跟丢了目标。没办法，他一边紧盯这伙人的行踪，一边寻找熟人。他一人要对付 12 人，实在是势单力薄。

虽说这些家伙他一看就知道是贼人，但他们未出手时是不能贸然抓捕的。出手早了不行，出手晚了赃物被转移了也不行，只有人赃俱获，才能判定小偷的偷窃行为。有时钱包就在小偷脚下，因为缺少证据，只能眼睁睁地看着小偷逍遥法外。胡雪林的每一次行动，都是一个寻找"人赃俱获"的过程。

胡雪林没找到能助他一臂之力的熟人，看来他要单打独斗地与这些人高马大、粗犷壮实的西部汉子展开一场"恶战"了。他的"大个子"在这些人面前，一点优势也没有了。倏地，他发现，有三人合伙相互配合，围着一个拎包的少妇下手了。其中二人夹在少妇左右，遮挡住周围人的视线，一人伸手拉开少妇拎包的拉链，一眨眼的工夫，那人飞快地夹出了钱包。胡雪林一个箭步冲上去，一手扭住一个扒手，然后给他上铐。就在此时，旁边一个窃贼，手握一把雪亮的匕首向胡雪林的腹部捅来。胡雪林腾挪之间，外套、毛衣、棉毛裤被划开一道 6 厘米长的口子。幸好是初冬时节，穿得厚，刀子没有扎到肉。这时，另一负责掩护的扒手也抽出一把刀，用生硬的语气让胡雪林放了他的同伙，见胡雪林大声警告、毫无惧色、步步紧逼时，他举刀向胡雪林的脸部砍来，胡雪林左手挡住他的手腕，右手夺刀，同时一个过背将他摔将在地。

这一场刀光剑影的精彩格斗如同武侠片中的场景，吸引了展馆里的群众。当他们明白是便衣警察在抓小偷时，很多人上来帮忙，大家七手八脚将这三个贼人制服。一位开小面包车的师傅说："用我的车送他们到派出所去吧！"遗憾的是，另外 9 名贼人"大难来时各自飞"，他们撇下落网的同伙，穿过杂乱的人群作鸟兽散，踪影难觅⋯⋯

胡雪林抓贼铁面无私，让一些贼感到了绝望，他们眼看在镇江已经难以生存，便动起了歪脑筋。

一天中午，身着便衣的胡雪林正在马路边巡逻。突然，一个鼻梁高耸、满脸络腮胡须的北方汉子从巷子里跑过来，拦住了他，说："我想跟你谈谈。"

胡雪林感到很蹊跷，与一个从未谋面的陌生人有什么好谈的？他问："你找我有什么事？你知道我是谁？"

汉子闪着狡黠的目光，嘿嘿一笑："谁不知道你是胡大个子？唉，我手下的人都被你抓光了。"

胡雪林知道了，这个汉子是小偷的"老板"，也可以或叫"贼王"。

他问："你找我干什么？"汉子用一种奇异的眼光打量着他："你究竟是人，还是神？怎么我的弟兄一下手就被你抓住？你是怎么一眼就能认出他们是干这个的？"

"大个子"不正面回答他的问题："你没听说过'贼眉鼠眼'这个词吗？贼有贼相，我当然能够认出来。"

　　"你要是人，怎么从早到晚也不休息，一点空隙也不给我们？""贼王"说的是真话，胡雪林几乎每天早晨6点出门，一直到晚上八九点才回家，不停息地穿梭在小偷经常作案的场所。他平均一个多月就要跑坏一双鞋子，一年下来要跑坏10多双鞋。如此敬业的警察，就连"贼王"也不得不佩服。

　　"贼王"从口袋里掏出一张银行卡，说："大个子，我们做笔交易吧。公家的单位有给干部职工提前退休的'阳光政策'，无非是一次性地给一笔买断工龄的补偿款。我也给你'阳光政策'，补偿款比公家给的要高得多，让你这辈子不用为钱犯愁。如果你辞职不干，我给你每个月3万元生活费，先给你3年，共108万元。只要你让我看到你的辞职报告，这张存有百万元的银行卡就是你的了。后3年的生活费，我可以打一张欠条给你。这比你当警察收入高多了吧。"

　　胡雪林故意逗他，问："一个月3万是人民币，还是欧元？"

　　"贼王"答道："人民币。"

　　"你给一个警察的'阳光政策'才这么点？不行，我要每个月3万欧元。"

　　"贼王"只见过人民

在群众的帮助下，制服了小偷

币，没见过欧元，也不知道人民币与欧元的汇率，就问："一欧元相当于多少人民币？"胡雪林把数字夸大了，告诉他："30元人民币。"

"贼王"一盘算，3年下来，他要付出1000多万元人民币，这个警察要价也忒高了。看来他的"公司"靠小偷小摸创造1000多万元的"利润"来买通警察也很困难。

正在他一时不知如何应答时，胡雪林一声大吼："少给我啰唆，赶快给我滚出镇江！"

"贼王"忙不迭地一溜烟跑了。从此，这个团伙再也没有在镇江现身过。

想用金钱买通"大个子"让他网开一面的小偷还不少。从山西流窜到镇江作案的扒手张某，被胡雪林抓获。那时胡雪林还没有自己的专车，他把小偷铐上，拦了一部出租车，把小偷押上车。胡雪林紧挨着张某坐下，张某用胳膊捅捅胡雪林，说："我把身上的5000元钱给你，求求你放我一马，怎么样？"胡雪林没有搭理他，对出租车司机说："师傅，请把车开到公交治安分局去！"

张某以为是胡大个子胃口大、嫌钱少，急忙举起戴着手铐的双手，说："我这里还有两只戒指，也值2000多元，都送给你！"

胡雪林感觉受到了一种污辱，厉声说："少来这个，我要想发财，就不干警察了！你以为有钱连警察也能买通？老老实实准备蹲监狱吧！"

张某蔫了，不再做企图逃脱的非分之想。

胡大个子怎么可能收此种黑心钱？除非他的心也"黑"了。

小偷们见胡大个子铁板一块，油盐不进，就给他来硬的。如果不拔掉这颗"钉子"，他们就只能白白丢弃沪宁线上的这块"肥肉"了。

一天凌晨2点多，家里的电话铃声突然响了。胡雪林妻子拿起话筒，里面传来一个恶狠狠的男人声音："你告诉大个子，我们要杀你们全家!"妻子吓得一哆嗦，把话筒啪嗒扔到了地上。这样的恐吓在胡雪林的生活中屡屡发生。

诱惑、恐吓，并没有让胡雪林退却半步。但他知道，在他的同行中并非所有人都能顶住金钱的诱惑，包括来自扒手的不义之财的诱惑。他经常向笔者提出这样的问题："为什么有的地方小偷越抓越多?"他没有明确回答这个问题。但我知道这问题背后的"潜台词"是什么。

类似这样企图以"即时行贿"来逃脱法律惩罚的小偷，胡雪林碰到过很多次，他拒收的贿金累计达 130 多万元之巨。某晚，胡雪林骑自行车外出，途经市区中山桥，蓦地从路边飞来一个纸包掉进了他的车篓，他停车打开一看，只见里面是齐刷刷的一沓钞票。他赶忙寻觅扔纸包的人，发现一个黑影已消失在小巷深处。数一数纸包里的钱，30000 元。此人为何平白无故要给他扔钱? 天上真会掉馅儿饼? 贼人是要用此手段陷自己于不义，然后一封揭发信告到纪委，以"借刀杀人"的手段，拔掉他这颗"钉子"。但他们显然打错了算盘，第二天一早，胡雪林便将这笔钱交给了公交治安分局纪委。

但是，假如有执法人员将此不义之财视作生财之道，将会出现什么样的情景呢? 靠纳税人供养的执法人员，非但不能履行保护纳税人的职责，反而成为祸害纳税人的保护伞。这是多么可怕和令人震惊的事!

这样的事并非绝无仅有!

"为什么有的地方小偷越抓越多?"胡雪林提出的问题振聋发聩。

数年前，胡雪林曾看到一则让他夜不能寐的报道：某火车站派出所的警察，居然沦为在火车站作案的小偷的合伙人。"猫"和"鼠"结成了合伙人，"猫"成了"鼠"的"后台老板"。他们合伙

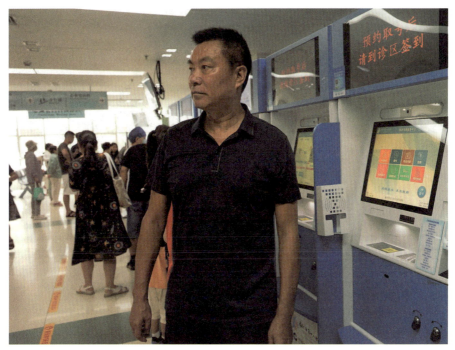

恐吓、诱惑，并没有让胡雪林退却，他依然每天巡视在商场等地

做着一笔无本生意。每当小偷得手一笔钱，都按比例与车站派出所的警察分成。警察给小偷的"回报"是，每当小偷被抓送到派出所，警察装模作样地将小偷"教育"一番，等抓送者离开后，便将小偷放了。因此这里的小偷便肆无忌惮、放开手脚大偷特偷，他们偷的越多，给"猫"的分成就越多，于是"鼠"成了硕鼠，"猫"也被"老鼠"喂养成肥"猫"……

多年的反扒工作使胡雪林在镇江拥有众多忠实的"粉丝"，无论是保洁员、三轮车夫，还是公务员、个体工商业主，只要他们发现扒窃的线索，都会主动提供给胡雪林，胡雪林就将他们发展成"线人""耳目"，用现代社会一个时尚的说法就是"信息员"。镇江市

镇江街面上修车的老人几乎都是胡雪林的"情报员"

区常年给胡雪林提供"可疑分子"信息的有 300 多人，他们分布在小偷最有可能出没的地方，比如二手手机回收店铺，如果有人三天两头来此处出售旧手机，那么此人必定有偷窃手机的嫌疑；比如修车的摊铺，有的人偷了电瓶车、摩托车，他总得想办法变现，把赃物变成现金才能去消费，否则就毫无实际意义。小偷们想象不到，这些地方都有"胡氏情报局"的"情报员"，一发现形迹可疑之人，信息立即就会传递到胡雪林那里。

某日，中山桥附近一个二手手机店老板打电话给胡雪林，说有两个小青年来卖手机，要价很低，举止十分可疑。胡雪林答："你想办法先稳住他们，我马上过来。"说完，胡雪林拦了一辆出租车直奔中山桥。等胡雪林赶到时，老板说因价钱谈不拢，两个小青年已到五星电器商场去了。说是价钱谈不拢，其实老板心里有自己的"小九九"：如果小青年在他的店里被抓，他肯定要被小偷同伙怀疑是他"放水"了，弄不好招来一帮小兄弟把他店砸了，岂不是哑巴吃黄连——有苦说不出？他是故意把"祸水"引走：我这店不收这种牌子的手机，五星电器商场有专门回收手机的地方，没准儿能卖个好价钱。两个青年信以为真，就去了他推荐的商场。

胡雪林向老板简单询问了一下两个小青年的外貌、衣着特征，就直奔电器商场。一到商场，胡雪林不费吹灰之力就发现两个青年正在手机柜台边转悠，寻找买主。胡雪林让他的俩徒弟掏出手铐，没等两个小青年反应过来就将他们铐了，然后从他们身上搜出了 6 部手机，价值 1 万多元。

在农贸市场巧遇"情报员"，胡雪林非常开心

胡雪林还建立了奖助机制：只要犯罪嫌疑人被依法惩处了，提供线索的民众就会获得1000元人民币的奖励。即使民众举报的线索没有价值，胡雪林也会为提供线索的民众充5元钱的话费。胡雪林的理由是人家打电话提供线索，花了电话费。

"打不如防"。为了不给扒手以可乘之机，胡雪林非常重视防范工作。尽管胡雪林的普通话讲得不好，但他十分愿意培训商场、酒店的营业员，向他们解释小偷的特征、拎包时的表情，以及如何防范小偷，等等。胡雪林多次向笔者表示，愿意将自己的反扒心得无偿地传授给警察院校的学生，以培养更专业的反扒人才。

不过，小偷不敢来镇江市区作案，也让胡雪林着实苦恼过一阵子，没有小偷可抓，胡大个子浑身难受啊！

为了不让自己手痒得难受，胡雪林只好移师丹阳、南京等地抓小偷。好在胡雪林的名气大，当地的警察兄弟都知道镇江的胡大个子。胡雪林抓小偷后，全部以见义勇为的方式将小偷移交给当地公安机关处理，无形中增加了当地警方打击犯罪的战果。所以，当地警察兄弟不会对胡大个子有意见，但在聚会时让胡大个子多饮几杯必定是少不了的。毕竟，警察兄弟们都知道，与朋友欢聚，切磋抓小偷的技艺是胡大个子的人生至乐。

在胡雪林从事反扒行当的早期，有人问他："为什么那些人会从普通人堕落成偷窃犯罪分子？"他会用最简单的四个字回答："好逸恶劳！"

为何小偷屡抓不绝？为何很多人被抓了仍本性不改，走出看守所或劳改农场后继续偷窃？甚至有的人成了屡放屡犯的监狱"常住人口"？这些问题经常困扰着他。胡雪林开始读一些社会学、心理学等方面的书，探究一些犯罪心理的深层次问题。

有一天天刚放亮，胡雪林接到报警电话：在 10 路公交车站附近，3 个抢劫犯把刀架在踏三轮车师傅的脖子上，威胁车主掏钱……

胡雪林骑自行车赶过去，发现 3 个持水果刀抢劫的人瘫坐在地上。见到胡雪林，他们像见到救命恩人似的，有气无力地说："大哥，我们已经整整 3 天没吃东西了，腿软得走不动路了。"

原来，这 3 个从江西农村来的 20 多岁的小青年到镇江打工，连续多日找工作都被用人单位婉拒，身上带的几百块生活费全花光了，已连续三天未吃任何食物。他们在走投无路时，非常笨拙幼稚地将水果刀对准了机动三轮车夫。说他们笨，是因为持刀抢劫比小偷小摸性质要严重得多，法律对这类案件的判处也要严厉得多。另外，这位可怜的三轮车夫，一早出来做生意，还未赚到钱。他哆哆嗦嗦从口袋里掏了半天，才掏出 2 元钱。他们抢劫的时机和对象都选错了。抢得 2 元钱，却要接受持刀抢劫罪的法律惩罚，这代价也太大了。面对 3 个饿得奄奄一息的嫌疑人，胡雪林内心五味杂陈：如果是自己的孩子，当命运把他推到如此绝路时，他会怎么做呢？常言道：一分钱难倒英雄汉。面对 3 个身无分文、生活无着的青年，社会该伸出什么样的援手？只要有最基本的生存条件，他们何至于走上犯罪道路？

当很多人围观看热闹时，胡雪林抽身到附近食品店买来面包、烧饼、矿泉水。3 个小青年拿到食品后，马上狼吞虎咽。填饱了肚子，他们泪流满面地朝胡雪林跪下，连喊"救命恩人"！

此后，每抓到小偷，胡雪林不再是简单地将他们送往派出所了事，而是跟他们聊天，了解他们的犯罪动机，寻求铲除滋生小偷的对策。虽然这超出了他的职能，也并非是他以一己之力就能解决的问题，但他在努力。

6. 一个经典案例成就一位局长

20 世纪八九十年代，中国的改革开放和市场经济摸着石头过河，经历了几次大的阵痛与调整。进入 21 世纪，中国特色社会主义思想理论越来越成熟，国家发展逐渐步入有序、稳定的轨道。同时，经过几次大的社会综合治理，严厉打击各类刑事犯罪，包括加强全民的思想政治教育、道德文明教育，全国的治安形势也在日渐向好的方向转化。

在镇江，经过胡雪林和同事们不懈的努力，大的扒窃活动已被遏制，"胡大个子"作为镇江反扒的一个品牌，对一般的扒手和扒手团伙具有强大的震慑效应，想到镇江来踩踩地皮找碗饭的扒手们，得先掂掂自己够不够分量，手底下没两把刷子，轻易不敢在镇江"下水"。最显著的标志就是镇江的扒窃报案整体一年比一年少，抓到的扒手一年比一年少，包括胡雪林自己，也从一年抓 600 多名，下降到一年只能抓到八九十名了。

不过，自古道高一尺魔高一丈，扒手们也在向专业化、职业化、团伙化发展，技巧越来越高。敢来镇江"撒欢"的基本分为两类，一类是远道而来不摸底细冒冒失失闯进镇江的，另一类则是自忖手段了得，老鼠舔猫鼻子的主儿。一个西北来的扒窃团伙栽在胡大个子手里后，团伙老大仍不服气，曾放狠话说："嗨，我们在皇城脚下都搞过竞赛，我们怕谁啊？"

意思是说他们在北京天安门广场都照样偷。

胡雪林一抹脸，说道："我就是要你们怕我，怕我胡大个子。"

胡雪林丁是丁，卯是卯，狠话放出去，就是因为他认扒手、抓扒手的水平此时几乎出神入化，不仅一眼能认出扒手，而且扒手正处在整个扒窃活动的哪一阶段、作没作过案、得手没得手，都逃不过他的法眼。

再说胡雪林最得意的两个故事。2005 年 6 月的一天上午，胡雪林带着两名反扒队员王镇宇、郭勇，在京口区的闹市地段正常巡逻。十点半左右，他们转到一处市民广场，3 个 20 多岁、身着西装的年轻人坐在花坛旁的长条椅上，脚下放了一个蛇皮编织袋，3 人手里都端着装了牛奶的一次性纸杯，说说笑笑，举杯互相碰了一下，一饮而尽。

胡雪林告诉两位反扒队员道："你们去抓吧。这 3 个是扒手，而且得手了。"

王镇宇和郭勇都不信，3 个年轻人白领模样，坐在花园广场歇歇脚，聊聊天，一起喝杯牛奶，是城市生活里再平常不过的现象。抓扒手讲究赃物、犯罪嫌疑人、被侵害人、作案过程四个环节缺一不能成立，此时任何一个环节都不具备呀。

两名队员正在犹豫的当口，3 个年轻人喝完牛奶扔掉纸杯，拎起蛇皮编织袋朝附近的居民小区走去了。胡雪林说："你们赶快跟上，他们不是洗钱就是分赃去了。一定要抓着，我在这一片找找失主。"

王镇宇和郭勇急忙朝居民小区跟去，追进楼群，3 个年轻人不见了。他们各处寻找，看见其中的一个在僻静角落正面对墙角，他们上去一拍年轻人的肩膀，年轻人吓得一哆嗦，手里的女式提包、手机、一沓钱都掉在了地上。

他果然正在准备将钱和手机装进自己兜里，再将女式提包和包

里的化妆品、证件之类扔掉。

扒手交代，他们是在大市口的肯德基快餐店作的案，工具就是那个蛇皮编织袋，关键其底部是敞开的。有位女顾客带着孩子进餐，提包放在旁边的椅子上，他们拎着编织袋走过去，从上往下朝提包一套，再拎起编织袋，椅子上的提包就像变魔术一般无影无踪了。

王镇宇和郭勇带着扒手回来，胡雪林也找到了正在肯德基快餐店里生闷气的女失主。问另外那两个去哪儿了，被抓的扒手说不知道，胡雪林问他们在哪里落的脚，说没住在镇江，再问，说早上从常州过来的，车票还在他身上。

扒手以为这么说，胡雪林一行人就没招了。岂知胡雪林马上让王镇宇把扒手和失主先送到附近的派出所做口供笔录，转过身带着郭勇就去了南门长途汽车站。刚到那里，另外那两个扒手拎着那只蛇皮编织袋，用同样的办法拎走了一个旅客的提包，正匆匆从候车大厅出来，被胡雪林和郭勇迎头拿下。

一个团伙，两起扒窃案，前后相距不到两小时就成功告破。

事后，王镇宇和郭勇求教胡雪林，3个人就是碰了碰牛奶杯，凭什么就吃定他们是扒手，而且作案得手了？又凭什么断定那两个脱网的是去了南门汽车站？

武侠小说里说武功的最高境界是"手上无刀，刀在心中"，又说"无招胜有招"，胡雪林此时就是这个境界了。许多情况下，他自己也说不清是怎么判定扒手的，却没有一次走过眼。从眼神、表情、气质、着装、举止……有人说他是对扒手的"场"特别敏感。总之，他抓过6000多名扒手了，对这类人的熟悉甚至超过了他对自己的了解。

但判定这3个扒手，他大致能说清楚。他说：这3人身着西装，脚下却放着一个农民工常用的蛇皮编织袋，首先就不协调；第二个疑点，上午十点半，不是吃早饭也不是吃午饭的时间，解渴该买饮料，就算要充饥，也没见他们手里有别的食品，3 个人为什么喝牛奶？最重要的是 3 个人拿杯牛奶互相碰，显然在祝贺什么事，正常的祝贺，大事情会到饭店去，小事情用不着那么当真，不大不小的事情祝贺什么呢，肯定是得到什么东西了。

当然，在他的直觉中一定还有别的疑点，那就属于说不清的经验，或者融合了经验的"场"的范畴了。

至于直接去长途汽车站堵那两个跟丢的扒手，那就简单了。他说：三个人在常州落脚，到了镇江没找住的地方，属于典型的流窜作案，得了手肯定还要回去，既然是坐长途车来的，思维与心理惯性的作用，一般还会坐长途车回去。

经胡雪林这么一点拨，王镇宇和郭勇竖起了大拇指！

之后，又发生了一个案例，把胡大个子推上了镇江市公安局公交治安分局副局长的位置。

那是 2006 年 9 月，镇江召开了一场规模宏大的招商暨贸易洽谈会，开幕式定在上午 9 点，之后是文艺表演。

这是镇江经济活动中的一件大事，主会场设在镇江市体育馆。胡雪林一大早赶过去，在体育馆周围转了两圈，因为全是赠票，进场的都是客商、公务人员和一些经过组织的群众，入场口秩序井然，人不算很多，他没有发现什么可疑的目标，就踅到体育馆对面的小巷口吃点东西。

除了河豚、刀鱼、鲥鱼等著名的河鲜，镇江还有三大名小吃：肴肉、蟹黄汤包、锅盖面。特色极浓且各有千秋，其中最大众化的是锅盖面，遍布街头巷尾，一年四季从早到晚，浮着锅盖的大面锅热气蒸腾。

胡雪林要了一碗锅盖面，坐在折叠式的饭桌旁，眼光习惯性地到处张望。老板娘刚把面端上来，胡雪林忽然看见一个二十六七岁的小伙子，从体育馆的大门口匆匆往小巷这边走过来，一边走一边用眼睛扫了背后几下。根据这个小伙子往后扫的那几眼和脸上似惶似喜的些微神色，胡雪林立即判定这是个扒手，而且已经作案得手。

他放下还没来得及动筷子的面碗，迎了上去，走到并肩，一回身转成同向而行，搂住扒手的肩头，面无表情地说："拿来。"

扒手一怔，没反应过来，挤着嘴角勉强往外露出一丝尴尬的笑。

胡雪林搂着他继续走，又说："你给我呀！"扒手还是尴尬地笑，心里琢磨这人是干什么的。胡雪林道："你傻笑个鬼啊，赶快拿出来，给我！"

胡雪林个头高，黑不溜秋的，留着寸头，拧着浓眉。扒手认定对方不会是便衣警察，下手前他四下观察过，没发现警察，而且警察没必要等窃贼得手了才抓他，自己肯定碰上"黑吃黑"的事了，心里就有点发怵，道："你把我放了，大哥，我全给你。"说着从兜里掏出一部黑亮精致的手机。

胡雪林说："就这些？再掏。"

扒手苦笑着，说："大哥，就这些。这部手机可是高级的，至少值一两万元。"

这部手机略大于普通手机，当时胡雪林还没见过，但一看就知道价值非同一般。他从后腰摸出手铐，咔嚓套住扒手的手腕。

扒手这时彻底傻了，嘴里"你你你"的，半天没"你"出名堂。直到胡雪林亮出警官证，他才说出一句囫囵话："你既然是警察，我下手做活时你怎么不抓我？"

胡雪林的黑脸露出笑容，道："不好意思，你偷的时候我没看

142

见，现在才刚看见你。"

扒手的神情更惊诧了，说："那你刚才是怎么看出来的？"

胡雪林得意道："别人可能看不出来，但我能看出来，我是胡大个子！你这人怎么搞的，你跑到镇江来偷，你不知道我胡大个子？"

扒手顿时一脸沮丧，懊悔道："知道知道，早听说过你胡大哥，我是来玩的，没打算做事，碰上运气，做的顺手生意，小心又小心了，没想到还是栽在你胡大个子手里！"

手机的主人是一位港商，在镇江的京口区投资了近3000万元港币，准备上一个项目。他在体育馆的门口接完电话后，顺手把手机塞进牛仔裤后兜，这个位置是小偷最好下手的部位。发现手机丢了，港商倒不心疼价值2万多港币的手机，他担心的是手机里的商业秘密被窃，赶紧让秘书通知香港的公司本部，切断他的所有电话联系。

镇江市公安局的分管领导当天上午都在招商暨贸易洽谈会的开幕式上现场指挥，联系到那位港商时，并没有告诉他手机是被扒窃，只说是一位镇江市民捡到的。港商与市政府领导见面时，特意提及这件事，夸镇江的人好，这里的投资环境好，并向拾金不昧的市民表示感谢。

市里的领导过后问公安局，得知真相，说："你们那个胡大个子这件事做得漂亮嘛，真正是为镇江的经济建设保驾护航了。"

事情过去没几天，镇江市公安局局长把京口分局刑警大队的胡雪林召到市局谈话。随后，党委研究决定，任命胡雪林为公交治安分局副局长兼反扒大队大队长，同时给他布置了两项刻不容缓的任务。一是组建反扒大队，选人调人，统筹负责今后镇江全市公交线路和公共场所的反扒活动；二是挖掉大润发超市和19路公交线路扒窃活动猖獗的毒瘤。

公交治安分局最早在火车站附近一座简陋的小楼里。胡雪林到任的当天，与公交治安分局的局长陈雪华、政委杨忆宁见面，下午就去了大润发超市。

镇江的大润发超市属于华东地区最大的超市连锁企业——昆山润华商业有限公司，台资企业，占了四层楼面。地下一层是停车场，其他几层经营各类商品，营业面积2万多平方米，节假日客流量达七八万人次，客流高峰时货架与货架之间挤着一片脑袋，56个收银口同时开放，营业额每天500万元以上，迄今仍是镇江最大的超级卖场。

然而2006年6月大润发超市敲锣打鼓爆竹连天开业后不久，将近四五个月的日子，经营者每天得一边数着钞票一边听老百姓的数落。来超市购物的，每天至少十几人，多的二三十人，不是在超市里被偷了钱包，就是在超市门口被拎走提包，然后男人喊、女人叫、小孩哭，

镇江大润发润州店

围着一堆人看热闹，有的打 110 报警，有的找超市赔偿，一片嘈乱。

胡雪林之前对这些情况有所耳闻，但他是京口区的反扒刑警，而大润发坐落在润州区，与京口区隔着那条横贯镇江市区的运河。扒手们都学得"鬼"了，知道胡大个子在京口，大润发往东走 20 多米，一过中山桥就是京口分局的辖区，谁都不往东多走那几步去招惹他，胡大个子总不能天天跑到别人的地盘上去办案吧。

这下好了，解决这个事的任务交给胡雪林后，他可以名正言顺地出手了。

胡雪林是带着几名反扒队员去的，先侦察了几天，摸清情况。大润发所在地派出所的同志过去天天接到群众或者超市的报案，一天出警十来次，不是不着急，但反扒是一门专业，隔行如隔山，反扒专家胡大个子胡副局长来了，他们全力配合。

胡雪林很快掌握了大润发超市扒窃活动猖獗的缘故。

一共有 6 个扒窃团伙，合起来差不多 50 人，团伙之间互不相干也互不来往，各做各的事情，两个团伙专在超市门口活动，以拎包为主，另外 4 个团伙则在商品区内掏顾客的钱包，但从不偷货架上的商品。6 个团伙全部是流窜作案，每天像上班一样，有的乘火车，有的乘长途车，从周边的扬州、常州、南京等地过来。9 点多钟陆续到位后，他们先到四楼五楼的海龙、海达两家大网吧上网玩游戏、聊天。过了 11 点，超市的人多了，这 6 个团伙的扒手就开始换班似的，一拨上去一拨下来，一拨下来一拨又上去，有的掩护，有的下手，忙个不停。到了晚上七八点钟，超市的顾客少了，他们也该走了，陆续往火车站、长途汽车站去。

如此，一天发生十几起、几十起的扒窃案件也就在情理之中了，何况还有许多失窃后自认倒霉，没有报警或向超市提出索赔要求，边骂街边一走了之的。

在派出所和超市防损部的配合下，胡大个子带着几名反扒队员采取秘密取证、秘密控制、秘密抓捕的方式，一个团伙一个团伙地解决，一星期抓了 40 多人，基本抓光。

大润发超市一下子安静了。

胡雪林转过身上了 19 路公交车，同样的方法，先侦察，每天跟着公交车跑。

镇江的 19 路公交车从闹市区开往东郊，沿线好几所大学。大学生社会经验少，思想单纯，防范意识薄弱，上了车东西随意放，在一起总有说不完的话，坐公交车也几个人叽叽喳喳不停说笑，最容易被扒手盯上。扒手们甚至在网上交流说："此处人傻钱多，速来！"所以，19 路公交线路上的扒手都是闻讯而来的，没有大的团伙，都是三四个人、一两个人，总数也有 40 多个，一早一晚和节假日最活跃。一个多星期，胡雪林抓了 30 多个，有的一见势头不对，及早抽身离开了镇江。后来知道抓他们的是胡大个子，有的扒手很恼火，说："听说过镇江有一个胡大个子，大润发和 19 路车上不是不归你管的嘛，你怎么来抓我们？"

胡雪林笑呵呵地说道："对不起了，出去互相转告一声吧，你们现在再到镇江，都归我管。"

19 路公交线路消停了不到一个月，10 路、23 路又警报迭起——连续发生了数起女士项链被偷的案件，事发场所又大多在公交车站。报警人都是回到家洗澡时才发现脖子上的项链没了，但记不起来是如何丢失的。

持续一个多月，到处有人报警，"烽烟四起"，却查不出、抓不到窃贼。

但案情经过媒体传播，已经家喻户晓，老百姓在街头巷尾、茶余饭后议论纷纷，对全市的治安形象造成了极大的影响。

　　镇江市公安局对基层派出所上报的案件进行了专题分析研究，然后再次把侦破的任务交给了胡雪林和他的反扒大队。领导也提出了要求："务必快、准、狠，一网打尽，还市民一个安全、和谐的出行环境。"

　　胡雪林奉命开始侦查。他的侦查手段没有任何科技含量，除了一双脚外，就是一双跟普通人没有区别的眼睛。到案件侦破整整一个星期，他从早晨 5 点到晚上 8 点，带着徒弟不停地辗转于全市各个公交车站。待窃贼团伙被抓获后，胡雪林想放松一下，就到健康浴室泡了个澡，并请修脚师傅修修脚。修脚师傅把他的大脚搁到自己膝盖上，惊叫起来："你干什么的？怎么脚底有四五个血泡？"胡雪林走路时，只觉得脚底有些刺疼，不知道已磨出了血泡。他把侦查金项链案件的经过告诉了修脚师傅。"哦，原来你就是报纸、电视上经常报道的专抓小偷的胡大个子！"脚修完了，老师傅表示分文不收。"就算我也为社会治安做点贡献吧！""不行，不行，你靠手艺吃饭，咋能让你白费工夫？"但老师傅就是不肯收钱，胡雪林到楼下小卖部买了一包香烟塞给了他。

　　案件是这样被侦破的：到了第七天，胡雪林在靠近大润发卖场马路边的 10 路、23 路公交站台边，发现有 3 个男子分头蹲在地上，却不上车，似乎在等候什么。每当一辆车到站、乘客下车时，他们的目光就在女人的脖颈上溜来溜去。胡雪林初步判断，这三人大概就是剪女人项链的家伙了。他不动声色，在不远处观察，看他们如何下手。

　　一会儿，从高资镇开来的 23 路公交车进站了，车内有不少戴着项链的农村妇女。这 3 个男子一看有"猎物"了，就站起身上了车。

胡雪林和两位徒弟随之也上了这辆车。车行至大市口，一农村妇女下车，脚刚落地，一男子趴下抱住妇女双脚，口吐白沫，似突发癫痫，晕了过去。妇女被绊倒，吓得大叫："不好，不好，这人犯病了！"这时另外两名男子在一片混乱中夹在妇女两旁，一男子用早就备好的剪刀剪断妇女脖颈上的项链，神不知鬼不觉地将项链装入了自己口袋。

"嘿嘿，你们玩神经呀！"胡雪林用手铐铐住了这两个男贼。那个装癫痫的男子还装死躺在地上。胡雪林朝他头部轻轻踹了一脚，喝道："爬起来，我给你治病！"

该男子知道被人识破玄机了，乖乖地站了起来。从他口袋里搜出了6根金项链，还有几盒用来迷惑人的癫痫治疗药……

公交线上的扒手不是被抓就是溜之大吉。

有扒手埋怨说："胡大个子你是全世界最不讲理的警察，哪有像你这样的？想趁你休息偷一下的机会都不给，我们到镇江，好干活的时间你全都在街上，你总得给我们留口饭吃吃吧，老虎还要打个盹儿，你老胡连个眼都不眨一下！"

自从被师父田野引上反扒这条路，胡雪林如痴如醉，似乎人生的整个意义就是识扒手、抓扒手，把受扒手们侵害的失主利益夺回来。这么多年来，每天眼一睁，他就恨不能时时刻刻在大街上转，在马路上转，在公交车上转，从大年初一转到大年三十，从没歇过一个节假日。扒手是无孔不入的，一有机会就要下手，看到顺手的就要偷，而反扒的人必须发现、跟踪，在他们下手的时刻当场抓获，人赃俱全，一起扒窃案件才能成立。

抓过那么多的扒手，不可能每个扒手、每次出现、每次下手，正好都被胡雪林发现。人海茫茫，摩肩接踵，只有在时间和空间交叉的那个点，他才会与扒手们相遇，早一步晚一刻，他们就会相错而过。

没有任何捷径，刮风下雨，晴天烈日，胡雪林只能每天走在镇江市区的马路上，最多时一天走过四五十公里，如果是直线行走，再努把力就可以从镇江走到南京了。

到 2009 年，胡大个子在反扒的人生道路上已经走了 21 年。21 年来，抓获扒窃、盗窃等各类街面犯罪嫌疑人 5000 余人，破获扒窃、盗窃等各类街面犯罪案件 4000 余起。也就是说，他在茫茫无际的人海里的 4000 多个时间和空间的交叉点上，与 5000 多名犯罪嫌疑人相遇。

每一个交叉点，都是他一步一步走过来的。

他仍在不停地走着，当了公交治安分局副局长兼反扒大队大队长，他仍旧是那么走着，而且走路走得更多了，因为需要他走到的地方更多了、更大了。

他的同事、公交治安分局政委杨忆宁说："老胡当副局长这两年多，他每年在自己办公室待过的时间不超过一个小时。他的办公室电话一直是零费用，甚至他连自己办公室的电话号码都不知道。"

笔者一时不解，以为听错了，或者杨政委说错了，一年在办公室的时间不超过一个小时？

杨政委笑道："只有分局开会时他才到局里来，进他的办公室拿个本拿支笔做记录，开完会把本子和笔放回去就上街了，一年能在里面待多长时间？"

镇江的许多老百姓都见过胡雪林：每天都巡视在大街小巷，脚下永远是一双运动鞋，偶尔因为生病、受伤或者实在太累走不动路时，也骑着一辆嘎嘎作响的永久牌自行车。

很多人都知道他现在当副局长了，见面就喊他："马路局长，

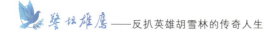
今天又抓了几个？"

"马路局长"，这是镇江人对胡雪林的昵称，也是给予他最高的褒扬。

7. 英雄壮举动天下，八方赞誉美名扬

胡雪林是个重情重义之人，他人缘好，朋友多，外号也多，喊起来特别亲切：胡大个子、马路局长、反扒神警、黑猫警长……在反扒路上，胡雪林用血肉之躯守万家平安，以如磐信念铸忠诚警魂。他的事迹感天动地，无数群众将最美的赞誉送给他，无数记者、作家纷纷挥毫著文，为他树碑立传——

反扒队员李江：铮铮硬汉侠骨柔情

谈起 2019 年年底发生的一件事，京口区公安分局反扒队员李江眼里噙着泪花："为了群众的利益，胡雪林真是什么都能豁出去！在他身上，我们感受更多的是他血液里流淌着的温情！"

那是一个冬日的傍晚，胡雪林抓获了一伙拎包盗窃作案嫌疑人。这伙人被抓获时，胡雪林只从他们包内发现了现金、玉佩和手机，但找不到失主身份证或是通讯录之类的东西。如果找不到失主，就意味着这起拎包盗窃案很难认定。经过一番政策攻心，落网的团伙成员终于交代，失主的手机卡被他们扔进阴沟洞里了。

穿街过巷两个多小时，团伙成员带着胡雪林找到了那个扔手机卡的阴沟洞。胡雪林二话没说，打开窨井盖，捋起袖管，在又臭又脏的

阴沟洞里摸了起来。这个阴沟洞里没有摸到，就在左右的 2 个阴沟洞里再摸，一连摸了 3 个阴沟洞。40 多分钟后，那张手机卡终于被胡雪林摸了出来，而此时胡雪林的手臂已被冻得失去了知觉。旁边围观群众很多，有好心的群众从家里打来热水为他清洗手臂，动情地说："你真是一心为民的好警察啊!"后来通过手机卡，胡雪林很快联系上了失主，失主高兴地领回了近万元的被窃财物。

胡雪林的很多同事都说他有一副热心肠。春节前，他在工作中获悉市第二中学高二有名女生的父母早逝，现在和外婆、弟弟相依为命，家庭生活十分困难，但这名女生学习非常用功刻苦，成绩也非常好。胡雪林主动到学校、家庭了解情况，发现这名女生的确生活困难，每天生活费不足 5 元，有时连早饭都不吃。回家以后，他就有了资助这名女生的想法，他将想法告诉妻子后，得到了妻子的大力支持。春节后，胡雪林帮这名女生交了 600 多元的学费，之后每逢周末，妻子都会准备一些好吃的，把女生接到家里玩，还时常给她买一些日常用品。

为了反扒事业，胡雪林奉献得太多太多。"这是我热爱的事业，我愿意为此奋斗终生，用自己的点滴付出换来大街小巷的平平安安。"胡雪林质朴的话语间，透着一份坚韧，一份刚毅。

作家董新建："'第六感官'来自心灵感应"

董新建，镇江市人民检察院副检察长，江苏省女检察官协会副会长，江苏省作家协会会员。她长期从事刑事检察工作，曾 10 多次立功受奖，并荣获"镇江市行业标兵""江苏省劳动模范"的称号。工作之余，董新建喜欢舞文弄墨，常在报刊上发表散文、小说，2009 年出版长篇小说《生死一线间》。

胡雪林讲述反扒故事

"舞文弄墨真朋友,云去云来从仙走。窗里窗外闲情事,相逢一笑千杯酒。"董新建和胡雪林算是一个道上的战友,都是性情中人,一个在治安战线反扒,一个在检察条口履职,双方工作都是为了一方平安。

谈起胡雪林,董新建满是自豪,满是仰慕——

我对胡雪林的仰慕,不是因为他 1.83 米的身高,而是他真的有点神,神勇、神奇、神秘,甚至有一层神化的色彩。

胡雪林那双眼睛非常神,有洞穿七札之力,最神的一回,他自己也觉得有点离谱。科学实验表明,人体除了有视觉、听觉、嗅觉、味觉和触觉等5种基本感觉外，还具有对机体未来的预感能力，生理学家把这种感觉称为"机体觉""机体模糊知觉"，也叫人体的"第六感官"。

神秘的"第六感官"是什么？有人说，心灵感应是第六感，有人说未卜先知是第六感。在实际生活中，一些人总是能非常奇特地感知或预见一些事件，有人把此能力称为"第六感"。

胡雪林曾经非常自信地对我说，他有"第六感"，我听了很震惊。他说："你看看我的眼睛。"我曾仔细打量他的眼睛，高挑的眉峰下，目光如炬，犀利无比，确实非同凡响。他说，那双眼睛会变，寻找目标的时候，是锋利的刀片，等到跟踪目标，刀片就收起锋芒，绝不打草惊蛇。天长日久，他练就了超乎常人的余光，做到不用眼睛，也能眼观六路，绝不让窃贼从眼皮底下溜走。

胡雪林不仅会用眼睛看小偷，还会用鼻子闻，用心灵感应。往往在百步之外，他就能感觉到对方的存在。

胡雪林给我讲了一个关于他"第六感"的奇特故事——

2007年金秋，金山开光，晨钟暮鼓，佛音缭绕，大殿里僧人们席地而坐，浑厚、低沉的诵经声，木鱼、忏钟、引磬、大磬交替击节，悠扬婉转，余音绕梁。

胡雪林觉得那里会有事情发生。早晨6点，他就带着徒弟们出发了。汽车开到中山桥时，两个男人一前一后拎着包从路边的花店跑出来，他们没买花，等着过马路。

胡雪林突然大喊一声："给我停车，先把这两个人拿下。"

徒弟们纳闷，以为师父没睡醒说梦话呢。

"人家好好地过马路，你抓他们干吗？

"还好好的呢，他们是小偷!"

不会吧？徒弟们左看右看也没有看出什么破绽来，要是抓错了人就糟糕了！

"不相信吗？我抓给你们看。""别动，警察！"胡雪林跳下了车，一个箭步上去，咔嚓！一把将他们铐住。对方一点心理准备都没有，只好束手就擒。

"干吗抓我们？"

"你们自己明白！"没有等到他们狡辩，胡雪林就从他们的口袋里将钱掏了出来。

惊愕之余，两个家伙抬起头互相瞪大了眼睛问对方："老兄啊，我们哪里做错了？"好像并没有露出什么马脚，怎么就会被胡大个子识破？

他们扭头又问胡雪林："你们警察难道不睡觉啊？这么早就上班了！"

徒弟们从内心服了师父。胡雪林"看"小偷往往只需一瞥，小偷立即原形毕露，好像小偷们额头上刻着"贼"字似的。他那双眼睛非常神，有洞穿心肺之力，小偷只要被盯上了，就像老鼠被眼镜蛇盯上了一样，只有束手就擒的份儿。

胡雪林有一个很大的特点：干一行、爱一行、精一行。

同事们说，他的反扒技术就是一部教科书，而这部书是他用腿、用心、用手、用嘴巴、用脑子"写"出来的。胡雪林总结了一套"三转、五到、二辨"的工作法，或叫"胡雪林反扒法"更为准确。

"三转"就是从时间、空间、特定事件等方面把握扒手的活动规律，有意识地在扒手出没较频繁的早、中、晚三个上下班高峰及节假日等时间段多转转；在扒手经常出没的车站（站台）、公交车、商场、农贸市场等复杂场所多转转；在集市、商品交易会、庙会等人流量显著增多的场合多转转。

"五到"即眼到、耳到、手到、心到、神到，迅速从衣着打扮、神情、姿态、眼神等细微处辨出并擒住扒手。从神情上说，扒手在选定目标之前，会显得很散漫，行、走、坐、立都茫无目的，一旦选定了目标，就会变得很专注。此时，要多注意他的眼神，他会时不时地对着自己选定的目标瞟上几眼。比方说，当他选定对商场里的一位顾客下手时，他的眼神会瞟向顾客的包或者口袋；当他准备对路边的一辆自行车下手时，眼神会瞟向车锁。他瞟第一眼的时候，你要对他产生警惕，瞟第二眼的时候，你就可以确定对其进行跟踪了。

在衣着打扮上，绝大多数扒手都会选择穿平底鞋，这样便于逃跑，同时，他们会备好下手时作掩护的遮挡物，可能是衣服上的大长袖，也可能是搭在手臂上的一件衣服、握在手中的一份报纸等。从姿态上说，一些惯偷往往会下意识地摆出一些习惯性的身形、手形，和他们在作案时经常使用的动作和姿势很像。扒手神情、眼神、姿态的变化，往往都在转瞬之间，这就需要准确观察。

"二辨"即从抓扒的时机上做出辨别，捉贼捉赃。处理好"老"与"嫩"的关系，抓"老"了，赃款已转移；抓"嫩"了，尚未得手，难以认定。

抓贼抓现行，往往需要对扒手进行长期跟踪。如果你清楚地看到他伸手物在手，那就好办，立即出手抓捕。但扒手作案一般都十分隐蔽，有时候不可能看清他们的一举一动，即使看到他下手了，也无法知晓他有没有得手，这时候就需要从他的表情变化来进行判断。比方说，如果他的脸红一阵白一阵，那他一定是得手了，而且赃物还在身上。脸红是因为兴奋，脸白是因为担心。此时进行抓捕，恰到火候，人赃俱获。

有一次，扬州高邮市公安局请他去传授反扒经验。他对高邮市公安局治安大队的领导说："经验全在现场，全在路上。"

他听说附近的一个集镇正逢庙会，街上人流如织，便带着治安大队的10名反扒队员去赶集。

刚进入庙会现场，胡雪林一眼扫去，便兴奋地叫道："有戏！"

胡雪林非常肯定地提醒说："注意，前面两个人是贼。"

"啊？刚来就发现了？"同去的队员眼睛白瞪了半天，什么也没找着。

"你们注意噢，前面两个人肯定是贼，慢点，悄悄地跟上。"

就这样，在现场徒步了20分钟，两个贼开始下手了，可刚下手，胡雪林立即上前将其擒获，然后交给高邮民警。首战旗开得胜！

胡雪林转过身来，眼睛一亮，又发现了两个。他又悄悄地跟上，以迅雷不及掩耳之势再次出手！

他下手快，出手更快！当场就抓获了4名窃贼，干得漂亮！

第二天清晨7时许，胡雪林和同行们上了菜场，正巧是星期六，菜场、商场及繁华的街道人群相对密集。

第一站是北海菜场，这是高邮最大的菜场，人也最多。胡雪林就像一个买菜的市民，走到一些摊位前问问菜的价格，再问问货主这些菜是从哪里进来的。他一边询问，一边用余光四处观望，眼神也与一般人不同。

转了一圈后，胡雪林说："没有嘛！是不是（扒手们）知道我来高邮，都不敢出来了，再转转看。"就这样，他在菜场里转了好几圈，没发现可疑目标，立即悄悄收场。

随后，他又在南海菜场、高邮人民商城等繁华地带转了一下，依然没发现可疑目标。"没有也是好事啊！"胡雪林说。就这样徒步走了两个多小时，他越跑越有劲儿，其他队员却感到吃不消了。

胡雪林说，干他们这行的，不能跑路肯定不行，这是最起码的要求，身体不强壮怎么去抓小偷呢？为了跟踪一个目标，胡雪林有时候要走七八个小时。

作家陈歆耕三年潜心撰写《猫鼠博弈》

在参加镇江市的一个文学活动时，报告文学作家陈歆耕听到了关于警察胡雪林的许多神奇的反扒故事，于是开始关注小偷这个行当。"我很想了解他们究竟是怎样一群人，他们是如何从一个个普通人转变为寄生在社会肌体上的'病毒'的，这些'病毒'的基因是如何构成的，社会是否有清除这些'病毒'的能力？"

一个个问号在陈歆耕脑中盘旋，历时三年艰苦采写，一部展示反扒"神警"胡雪林传奇经历和众多小偷"口述实录"的精彩报告文学《猫鼠博弈——小偷回忆录》出现在新年的书店里。虽然该书关注的是一群社会边缘人，但它在某种程度上展现的却是一个作家对当下社会的批判与反思。

在陈歆耕眼中，胡雪林迷上反扒，就像自己的一个朋友迷上收藏一样，"上瘾了"。

陈歆耕从 2009 年着手采访，到 2011 年 6 月底完稿，前后历时近三年。一部 10 多万字的报告文学，居然耗时这么久，可见作家采访的辛苦程度。

在写完报告文学《猫鼠博弈》后，陈歆耕萌生了"金盆洗手"、不再从事这类文体写作的念头。原因是完成过程苦不堪言，其艰难主要体现为采访而非写作。虽然镇江市公安局为他的采访提供了便利，但获取素材的难度还是超过了他的想象。采访前他设计了详细的采访提纲，但与小偷的谈话沟通比普通采访要困难得多，其根本原因在采访对象对自己有一种本能的保护心理。这与采访先进人物完全不同。有几人愿意轻易地将自己不光彩的过往丑事，毫不保留地透露给一个陌生人？为了更多地获得采访对象的配合，陈歆耕如同一位心理学家，要对他们做许多采访本身以外的心理疏导工作。因此，调查材料是一点一点地"抠"出来的，故意东拉西扯绕弯子"绕"出来的。

陈歆耕是一位报告文学作家，也是一位文学批评家，他曾出版报告文学《点击未来战争》《废墟上的觉醒》，以及文化随笔《快语集》等作品，这些作品都因为题材独特、思考深刻锐利而受到人们的关注。因而，他在采写《猫鼠博弈——小偷回忆录》时，并不是纯粹简单地"口述实录"，只满足于对事实的陈述。作品在挖掘和表现胡雪林疾恶如仇、无私崇德、机智勇敢、悲悯劝善等精神性格方面，都通过很多真实的表现给予认真阐释。更重要的是，作品没有在事实面前停步，而是将发现和思考进一步延伸到理性的追问思索层面，从一些带有社会学和心理学理论的角度，对小偷犯罪的根源做了认真深入的探寻，并对人们提出警示，非常富有思考价值。而这些内容的存在，就像画龙点睛一般，使得那些真实的故事有了理性理论的照射，从而显示出事实的力量和价值。

《猫鼠博弈——小偷回忆录》发表后，引起了广大读者的思考：千百年来的事实证明，小偷虽然令人不齿，可是总有不少的人狗苟蝇营在这样的行列中。就像人类是依附于大自然的动物一样，小偷也是始终伴随人类肌体活动的毒瘤。几千年来，不管是什么民族、什么地界，不管是何种社会、何种制度的人类国家，也不论是如何变化更替的社会环境，小偷总是在不断地变换方式继续存在着。小偷虽然不同于那些杀人越货的强盗土匪行事残忍血腥，但他不断制造的事端和忧烦痛苦情形，却让人们非常痛恨和无奈。

上海大学中文系的教授许道军专门对《猫鼠博弈——小偷回忆录》进行过评论，发表在2012年5月29日的《光明日报》上，现摘录于此，以飨读者——

陈歆耕先生所著的《猫鼠博弈——小偷回忆录》是部优秀的非虚构文学著作。它以文学传奇的形式，描述了反扒"神警"胡雪林与小偷斗智斗勇的事迹，讲述了他的成长历程，弘扬了社会正气。任何年代都需要正面英雄，需要旗帜鲜明的立场和态度。胡雪林20年来一共抓获了5000多个小偷，为人民群众挽回经济损失900多万元。他的努力赢得了人民群众的信任，树立了警察的正面形象，加深了人民群众对警察职业的尊重。

这部作品还以社会学田野调查的工作方式，为读者描绘了一个惊心动魄的"小偷世界"。小偷到底是些什么人，为什么要去干那些令社会不齿的偷窃勾当，他们如何看待自己？这部作品回答了这些普遍性的疑惑。对于小偷及偷窃行为，谴责与惩罚恐怕是不够的，还需要有人深入地去调查、研究他们的动机及动机产生的社会环境。作品深入写作对象的心灵，从心理学角度分别描述了"猫"和"鼠"各自"炼成"的心路历程。现实中的"猫鼠博弈"不是电子游戏，参与双方都是有血有肉的人。"猫"不是神，"鼠"也罪不至死；"猫"有理想与光荣，"鼠"也有苦衷与尊严。对待正面人物，作品怀有深深的敬意；对待反面人物，作品也怀有持久的耐心，倾听，再倾听，深刻的人道主义关怀渗透到著作的结构与叙事中。作品的第一章"战事荟萃"

与第二章"鼠心独白"的戏剧性安排，并不是对峙，而是对话。

一部作品的所有成分都不可分割，它们围绕着写作任务展开，为写作目的服务。从这个意义上说，《猫鼠博弈》的"序一"与"序二"就有了特别的意味。如果说"序一"是一把解读著作的钥匙，那么"序二"就是借用犯罪心理学知识试图回答著作中所提出的问题。跟"抓贼"与"防贼"相比，"化贼"的难度要大得多，也是实现"天下无贼"理想的根本途径。"序二"由犯罪心理学博士廖建清撰写，作者详细分析了小偷这个"非常态生存"群体的特征、成为小偷的种种习性、评估偷窃者心理的关注点及实现改造的具体方法。

非虚构写作与一般报告文学的区别在于，前者有着对真实人物、真实事件的个人态度与个人理解，写作不仅仅止步于"真相"，更要深入"真相"的背后，探究"真相"产生的原因。杜鲁门·卡波特像私人侦探那样深入案件的前前后后，挖掘涉案人员的意识与潜意识；梁鸿怀着对国家命运的深刻忧虑，以自己的故乡为解剖对象。陈歆耕也前后 20 多次前往镇江，深入看守所与小偷面对面，耐心地调查与记录，留下了宝贵的社会学资料。

但是比资料价值更可贵的是，这部作品直面了现象，并提出了问题。好逸恶劳当然是小偷成为小偷的主要原因，除了个人心理与行为习惯之外，社会是否也需要不断地反思？胡雪林抓了 5000 多名小偷，是应该举杯庆贺还是应该感到无奈？这样的质问能够引起读者对社会问题的关注与思索。

第三章
防贼秘籍

题义：古有武功宝典，今有防贼秘籍，两者各有千秋、各显神通。

题记：看完反扒英雄胡雪林的故事，您不仅能知道抓贼这一行里许多鲜为人知的秘密，还能学到不少认贼、防贼的高招。俗话说：难者不会，会者不难。您一旦洞悉其中的秘诀，就能防患于未然，拒贼于千里之外。退休后的胡雪林倾心撰写《防贼秘籍》，意在提醒善良的人们：防范远胜于反扒。

提起小偷（这里专指掏包、割包和掂包的"三包"扒手），无人不知，无人不恨。你无论是步行、骑自行车、开汽车、乘坐公交车或火车，还是外出办事、购物或者到饭店吃饭，到医院看病、住院，到银行存款、取款，只要是有人群的地方，就可能有小偷；只要你身上带着钱、手机或其他贵重物品，就有可能被偷。

"小偷并不像人们想象的那样神奇，只不过他们靠着胆大敢下手而已。正像有人形容的那样，他们是三分技术六分胆，再加一分不要脸。"胡雪林如是说。

2022 年 6 月，胡雪林正式从人民警察的行列退休。但他退而不休，一方面做公益，一方面静下心来撰写反扒秘籍，他试图通过总结 30 多年在反扒工作中所掌握的扒手行窃时的手段，让善良的人们了解小偷在什么情况下是怎样行窃的，应该怎样防范。

经过半年的苦心编纂和反复打磨，胡雪林撰写出了自己 30 多年来的反扒经验和防贼体会。笔者根据胡雪林提供的素材，从 8 个方面详细总结了小偷出现的场景、下手的套路及防范的技巧，供读者参考——

1. 市场防小偷

这里所说的市场是广义的，包括商场、步行街、马路市场，以及集市、庙会、菜市场等。他们有单个偷的，也有两个人结伴偷的，还有三五成群合伙偷的。这些小偷分工明确，配合默契——有打掩护的，有动手偷的，还有专门负责望风的。其行窃方法有用手掏的，有用长镊子镊的，有用刀片割的，有用剪刀剪的，等等。

常用来挡人视线的工具有书、报、衣服、提兜、手套、围巾等。

掏包——

第一是用手掏你上衣胸前小口袋。

当你遇到人多停下来时，或者是你站在柜台前、摊位前看商品、谈价格、挑选物品时，小偷就会趁机挤到你装有钱的口袋的一侧或前边，然后靠你一侧的手也会拿起一件商品，假装看质量和样式，把商品举起来，挡在你口袋上边，遮住你的视线，或用他自己携带的物品（如书、报、衣服等），用同样的手段挡住你的视线，而他的另一只手则从下边伸过去，迅速把你的口袋打开，将袋内的钱掏走。

但有的小偷手中并不拿物品，而是假装用手抓头、挠痒痒等，把靠你一侧的胳膊抬起来，正好挡在你的脖子下边、口袋上边，这样也正好挡住了你的视线，而他的另一只手同样从下边伸过去，迅速把你的口袋打开，达到目的。

也有个别"吃"（偷）对面的，但不多，主要是上面这两种。

第二是用手或镊子掏你下边的口袋、裤袋或后兜。

要是掏你后兜，小偷就会挤到你的身后，先用一只手把你的口袋撑开些，然后另一只手或将镊子迅速伸进去。

第三是在你试衣服时掏你脱下的衣服口袋。

特别是在那些无更衣室的小店、购物大厅的摊位前或马路市场。当你挑好衣服，要试穿时，往往会把自己身上的大衣、裤子等脱下来随手放在旁边的柜台上、货架上或桌子上，或者是让与你同来的亲朋好友帮忙抱着或看着。此时，小偷也在那"东挑西看"。这时你开始试穿了，售货员或与你同来的亲朋好友都在帮着参谋，看你穿上是否合适、好看。趁此机会，小偷就将手伸向了你脱下的衣服口袋。

如果你警惕性很高，老是看着自己脱下的衣服。这时，其中一个打掩护的小偷，就会假装挑衣服，拿起一件站到你的跟前或你放衣服的旁边，挡住你的视线，让同伙趁机作案。

你的衣服要是让同来的亲朋好友抱着这肯定保险多了，但如果他（她）抱得不当，让装钱的口袋朝外了，小偷还是会用同样的手段，把你口袋内的钱或手机等物掏走。所以，替人抱着衣服的人也一定要提防小偷。

第四是拉你背着或挎着的包。

如果你背着包或挎着包去市场，小偷发现后就会在后边悄悄地跟着你，你走到哪里他们就跟到哪里，寻找机会下手。一旦发现你因人多走得慢，或停下来，或站在摊位旁，小偷便会挤到你的身后或挎包的一侧，用手或长镊子把你包内的钱或手机等掏走。

你要是把包挂到前边，抱在怀里，虽然不太美观，但确实安全多了。

第五是趁你把包放下时，拉开你的包。

小偷看见你因挑选商品或试衣服而把提包放下，为了不让你及时发现被偷，他并不拿你的包，而是把你的包拉链迅速拉开，掏出里面的钱或物后再重新拉好。你看着自己的包一直放在那边没动，所以也就不会有什么其他想法。等到你挑选好商品要付钱时，打开包，这才发现手机或钱包不见了；而这时，小偷早跑得不知去向了。

割包——

割包的小偷事先都备有锋利的保险刀片（有的是医用手术刀片）。如是保险刀片，有整块的（包括手术刀片），有半边的（即

1/2），还有的是一个刀片的 1/4。

若用整块或 1/2 刀片时，小偷往往只把刀片的包装纸撕破一个小角，割包时用手拿住刀片的其他位置，用露出来的那个小角刀尖割破你的衣兜或提包，再从割破的口子那把你的钱或手机等物掏走。

有的小偷为了打掩护，常常将刀片藏在火柴盒底部。当他要割包时，用手一推火柴盒，就露出了刀片的一角；如果割包时被人发现，他便把刀片向火柴盒内一送，看起来手里拿着的只是一盒火柴，也许这时，他还会拿出一支烟，然后抽出一根火柴划着点上，使你不敢确认他是割包的小偷。

有时就算警察抓到他，若不细心检查，也会因找不到证据，只好眼睁睁地让他蒙混过关，放其离开。

他们割包的技术很熟练，轻重把握得相当到位，所用的劲道刚好能把口袋或提包的外层割破。

虽然有时你口袋或提包内未必装有多少钱或物，损失不大；但一件好好的衣服或一个提包，被割了一道口子，也确实让人心痛。

因此，还是提醒你防着点。

偷包（掂包、抢包）——

第一，偷你自行车上的包。

假如你骑自行车路过菜市场、马路市场等，当看到摊位上有自己需要的物品时，便往往将自行车一支，就去挑选、购买了。以为自行车就放在眼前，并且还不时地扭头看着自行车筐内的提包，认为小偷不一定会偷。可当你一旦挑中所选的物品，向摊主询问价格或者是算账付款时，小偷便会趁这一瞬间拿了你的提包，向小巷内逃跑。

如果你警惕性很高，一个小偷无法下手，那么，他们就会靠几个人的密切配合来偷。负责打掩护的小偷先挤到你放自行车的一侧，他也假装买东西，把物品拿起来，问价格、看质量或讨价还价，同时用手里的物品或身体挡住你望向车筐的视线；负责动手的小偷便趁机走上前，将自行车中提包偷走。

根据现场情况，有时候负责打掩护的小偷会挤到你身边，装作挑选商品，一边问价格、说质量，一边故意找你搭话，想方设法让你扭过头来，以此转移你的注意力。而躲在你自行车旁边的小偷就会趁你扭头之机，迅速拿走你车筐内的包。

要是一个小偷单独作案，他会挤到你放自行车一侧的身旁，用一只手故意把商品举高，挡住你的车筐，也挡住你的视线，而他的另一只手则从下边迅速伸过去，然后转身揣到怀里。

有时你为了安全，把提包带缠到自行车的车把上，还一只手扶着车把，以为这样总保险了吧。但小偷有的是办法，他们会事先准备一把剪刀，遇到这样的情况时，他就用剪刀把你的手提包带剪断。还有的小偷既不剪你的包带也不偷你的包，而是趁机把你的提包拉链拉开，迅速将手伸进去；临走，还帮你把拉链拉好，让你回到家发现丢了钱物都想不起来是在哪弄丢的。

第二，等你把包放下时再偷。

小偷看见你背着包或拿着包逛商场，就会在后边偷偷地跟着你，寻找机会下手。当他看见你因挑选商品或要试衣服时，将包放在一边，如前所述，他会趁你只顾着挑选商品、试鞋、试衣服或扭头之机，偷了你的包就跑。要是团伙，负责打掩护的小偷也装着买东西，挤到你旁边拿起一件商品，或挡住你的视线，或向你打听这个商品的质量、价格等，以吸引你的注意力，便于负责动手的小偷下手。

有时逛街逛累了，你坐在凳子上、台阶上或者是水泥地上休息，把包就放在自己身旁，认为这总万事大吉吧。但你稍不提防，小偷仍会采用上面说到的办法，转移你的视线或注意力，将你的包偷走。

因此，外出时，你千万不要轻易地把包放下。

总之，市场上（不然，不仅仅是市场上）防小偷，请你记住三句话："一想，二看，三防范。"

一想，就是外出时要想到自己可能会遇上小偷，克服麻痹大意思想。

二看，就是要经常看看自己周围，有没有像小偷一样的可疑人，具体就是要察言观色。一是看他的眼神。小偷行窃前总是要看别人的钱可能装在什么地方，动手偷时总是要看你和周围的人能不能发现他。因此其眼神和其他人的眼神是完全不一样的。二是看他的手中。有的小偷手里会拿些物品作掩护，如前面说的书、报、衣服、提兜、手套等；有的小偷偷窃时手里还会拿着长镊子、剪刀、火柴盒等作案工具。三是看他的胳膊。小偷要是掏你上边口袋时，他的胳膊总是上抬；掏下边口袋或拉提包链时，他的胳膊总是在下边平着。

三防范。一是钱要分装，不要把钱都装到一个口袋或手提包内，最好把大钱装到内衣口袋内，外兜只留少量的零用钱。二是包内有钱时不要把包背到后边或把包挎到身侧，最好拿到前边。三是提包不要轻易放到柜台上、货架上或地上、身旁、脚跟前。四是骑自行车时，不要把包放在车筐内，停车买东西时最好把包拿在手里。五是要互相提醒，看到小偷想偷别人时，要设法及时提醒一下，不要事不关己，高高挂起；或害怕小偷，不敢出声。六是及时报警，如果发现小偷行窃，要及时拨打 110 报警。

2. 路上防小偷

这里说的小偷，是专指那些未成年小偷。如果你骑自行车上下班、外出办事、购物，有时会遇到那些几岁到十几岁的未成年小偷。他们大多团伙作案，少则三五个，多则十几人。这些小偷人小胆大——因为是未成年人，他们不怕被人发现，即使有人看着也敢偷。

所以，你外出时要特别提防这些未成年小偷。

跑步的偷你骑车的——

多年前，人们出行的工具主要是自行车。如果你在路上仔细观察，有时会看到有几岁到十几岁的小孩正跑着步追赶前边骑自行车的人。他们跑得那么快，你以为他们是在练长跑吗？不是的，他们是小偷。他们正跑着掏骑自行车的人的包呢。

行窃前，这些小偷会几个人一起先到人行道、慢车道、十字路口、大路旁停下来，然后分头行动，或原地进行观察，或顺着路慢慢行走，以寻找他们偷盗的对象。当发现骑自行车的人骑车速度较慢，或看到口袋内有钱或手机时，小偷便会将其作为他们偷盗的目标，迅速跟上去。这些小孩跑得很快，也很有耐力，有时还来"接力赛"，轮换着追。他们的"技术"都很老练，能边跑边把你的口袋打开、掏空，即使是拎在肩上的包，他们也照样能偷走。

这些小偷在掏你的口袋或拎包时，你也许会有所察觉。可当你回头看时，见到的只不过是个小孩在跟着你跑，你也就不在意或不敢确认了。即便是你亲眼看见他掏你的包，一看是个小孩，无非瞪他两眼，骂上两句，以为吓住了他，就又骑着自行车继续走。可你走不多远，这个小偷可能就又继续追来了，或者换成前边等候着的另一个小偷接着追，直到他们偷到手才肯罢手。

你要是当场抓住他，他只是"哇哇"乱叫，又哭又闹，有的还脚踢嘴咬。你感到束手无策，顶多把钱要回来，放人了事。如果你硬是抓住他不放，扭送到派出所，这时，小偷的同伙——那些一直跟在后面的成年人（有的还是怀抱婴儿的妇女）就会围过来起哄，有的还可能对你进行威胁，让你不得不放了他息事宁人。

走着的偷你步行的——

当你将手提包放在前边的车筐内，推着自行车在大街上、人行道上或十字路口边走边看时，未成年小偷便会出现在你自行车的右边，跟着你一同慢慢走着，有的还会用一只手扶着你的自行车车把朝前走。在别人看来，还以为你们是一家人；你看看他只不过是个小孩，也就不在意。可就在你一不注意时，他偷了你的包就跑。

有的未成年小偷事先会准备好一些诸如线团、尼龙绳、布条、铁丝钩等物，当你推着车走过他身边时，他突然将那些东西扔到你自行车的后轮内，缠得你的自行车推不走；而在你回头去拽这些东西时，他便趁机把你车筐内的提包偷了。

不管人多人少，这些未成年小偷都敢掏，哪怕是一对恋人，手挽手正在行走，他们也敢挤到两人中间边走边掏口袋或包。

这些小偷得手后，会把赃物迅速转交给跟在后边的大孩子或成年人。所以，即使你被偷后发现了，抓住他，但在他身上也找不到你丢失的东西。

由于这些小偷年纪小，是未成年人，不承担法律责任，所以他们偷时非常大胆，动作也很明显，很容易被发现，所以，也就容易防。

看见这些小偷时多留点神，躲远点，别让他们靠近你；骑自行车时，看看路上有没有小孩跑步追别人，你后边是否有人追你。如果有，你就暂时把包移到前边，如果口袋有钱，就多留点心，必要时可用手捂着你装着钱的那个口袋，或把钱移到前边的口袋或包内。

3. 乘车防小偷

这里说的乘车，主要是指乘坐公交车。

在公交车上，有掏包、割包、偷包的小偷，还有偷你腰间手机、脖子上项链的小偷。这些小偷有用手掏的，还有用镊子镊的、刀片割的、剪刀剪的，小偷根据不同的情况和对象，会采用不同的手段，千方百计把你的钱和手机偷走，让你防不胜防。

所以你在外出时，一定要提高警惕。

上车时，要防的小偷——

当你外出坐公交车时，从等车开始，就要提防小偷。上车前，千万不要露财。

公交车到了，大家争着上车。这时，正是小偷下手的契机。越是拥挤，越利于小偷偷盗。有时上车时乘客不挤，小偷也会故意挤。男士挂在腰间的手机、女士戴在脖子上的项链，小偷都能趁拥挤时偷走。

如果你的钱装在上衣小口袋或西服里边的口袋，这时小偷在你后边，再挤也无法把你的钱掏走。于是，他们便会改变手法。要是单个小偷，他就会挤到你装钱的口袋一侧，也假装争着往上挤，把靠近你一侧的胳膊抬起来，挡在你的口袋上边，或用手中的物品挡在你的口袋上边，遮住你的视线——你看到的只是小偷的胳膊，或小偷手中的物品。而他的另一只手则从下边伸过去，迅速把你的口袋打开，将钱掏走。要是团伙作案，他们就会靠几个人密切配合，有动手掏的，有望风的，有打掩护的。这时，打掩护的小偷就会挤到你前边的一侧，假装挤着上车但就是不上，也挤着不让你上，好为动手掏的小偷争取时间。

小偷要是偷你口袋、裤袋、后兜或者是你背包里的钱或物，其方法主要是用手掏或镊子镊；采取的手段与前面说的也差不多，无非是让同伙挤到你的前边（或一侧），挤着不让你很快上车，以便动手的小偷行动。

有的女性喜欢戴项链，有的则把手机挂在胸前，但你上汽车时，遇到人多拥挤一不注意，项链和手机就不见了。因为上车时大家都争着往上挤，这时打掩护的小偷就会在你旁边抬起胳膊假装往上挤，其胳膊正好压在了你的头上，叫你抬不起来。而你一低头，正好后边脖子露出了项链，前边手机离开了你胸部。于是负责动手的小偷就会趁机一手抓住你的项链或手机，另一只手用事先准备好的剪刀把你的项链或手机带剪断。

上公交车后，要防的小偷——

上公交车之后，你想找个座位，就会从车前向车后走。这时在车上的小偷或跟着你上车的小偷就会趁机动手。他们用手中的物品或他的一只胳膊挡着，与你一起边走边掏。要是车上人多没座位，他就会挤站到你的身后或装钱的口袋一侧，同样用手中的物品或胳膊挡着，另一只手从下边迅速偷。

有的小偷比较精明，车在平稳行驶时他不偷，但一遇上颠簸、摇晃，或有人要下车往车门前移动引起乘客挪让时，他就会动手。因为汽车的颠晃和乘客的走动，会使你放松警惕，以为是别人无意碰了你的口袋或提包。

有时你乘车时，特地将钱放在上边的衣兜或西服里边口袋，认为这样在眼皮底下比较保险。但小偷却有自己的办法：

一是"吃对面"。趁你在通道上站着（有时趁你上下车走动之机），小偷就装作找座位或找人而前后走动，正好与你走了个对面。走成对面后，他却故意挤着不过去（或不让你过去）。而就在这一挤之间，他一只手拿着物品或是把一只胳膊抬起来，挡在你的口袋上面、脖子下边，另一只手则从下面把你口袋内的钱掏走。

二是"吃侧面"。这时的小偷不是和你面对面，而是挤到你装钱口袋的一侧，他也和你面向同一个方向，与你肩并肩站着，用靠你一侧的手中物品，挡在你的口袋上面；或者是假装挠痒痒、抓头，伸手拉车上的栏杆、扶手等，使抬起的胳膊挡在你的口袋上边。然后，他的另一只手则从下面伸进了你的口袋。

因此，今后乘坐公交车时，如你发现有人手中拿着物品老想往别人口袋或你的口袋上面挡，或者他的胳膊总想往别人或你脖子之上挤，可就要小心了，他很可能就是小偷。

另外，这里需特别提醒男同志的是，要注意提防那些漂亮的女小偷。这些女小偷行窃时更容易得手，她掏女士的时候，因都是女性，所以不在意；她掏男士时，就更有绝招——这时漂亮的女小偷会故意用胸部挤你一下、碰你一下，然后朝你"不好意思"地笑上一笑，或者是趁人多拥挤、汽车摇晃，假装站立不稳倒在你身上、靠在你怀里。你一看如此漂亮的小姐"投怀送抱"，免不了就觉得自己占了"便宜"。却不知，就这一"占"之间，你就中了"美人计"，往往是赔了"钱包"又折"手机"。

坐下后，要防的小偷——

坐到座位上以后，你不要以为就万事大吉了，小偷还会根据你坐在车上的不同位置，采取不同的偷窃手段。

你要是坐在靠通道的座位上，小偷以无座位为因而靠你身边站着，趁你闭目休息或打盹之机，一只手用物品挡在你上衣口袋上边，另一只手从下面把你口袋内的钱掏走。有的小偷则假装向车窗外观看，将身子倾斜靠紧你，或是假装晕车想吐，伸手去开车窗；而他伸手去开车窗时，正好胳膊或身子都挡住了你的视线。当然，就这一倾一伸之间，他的另一只手便伸进了你的口袋。

坐在座位上，你若是把钱装在裤袋或后兜，或是把手提包放在自己身旁的座位上，这时，如果你旁边有空座，小偷就会趁机坐到你旁边（有时小偷上车后就坐到了你旁边），在你打盹或不注意时，他就很迅速地将你一侧口袋内或提包内的钱掏走；要是你身旁无空座，小偷就会坐在你的后排座位上，同样等你闭目休息，或者不注意时，从后边把手伸过来，或掏或割，偷取你的钱财。

小偷偷窃成功后，大部分都会很快下车。

总之，公交车上的小偷很多，你在乘坐时，一是最好不要带很多现金上车，可以用银行卡之类；非带现金不可，钱也要分开装，不要都放在一个口袋或一个手提包里；如能在贴身的内衣上缝个口袋放在里面则更好。二是你带的现金较多时，最好不要睡觉，实在是困得不行，如有一起乘车的好友，能轮流着休息，留下一个看着则较为妥当。三是手提包最好抱在怀里，或放在靠车窗的内侧，不要放在通道一侧；你要是带着大包或行李，放钱时最好把钱放在中间，并注意伪装，不要把钱放在大包外侧的小兜内或行李的外层。

4. 骑车防小偷

你骑自行车外出办事，或到银行存款、取款，常常把包放在自行车车筐内，这时你要特别提防这样两种小偷。

挂自行车偷包——

用这种手段进行偷包的小偷都是团伙作案。他们三五成群，结伙行窃，没有固定的地点和路线，为了寻找行窃目标，他们骑自行车在大街小巷上慢慢转悠，有的顺着慢车道逆行，有的还专门在银行门口守候。当小偷发现你是一个人刚从银行取款出来，或是见你一个人骑自行车，车筐内放有手提包，他们就会骑自行车在后边跟着你，等你走到人少的地方，或者他们认为适合动手的地段时，便开始行动。

这些小偷"技术老练，分工明确，配合默契"。他们先由一个小偷骑自行车骑得飞快，从你旁边超过你；而就在超过的那一刹，他在你自行车前猛地一拐，或是猛地转向，骑上其他岔道或人行道上。让你觉得自己的自行车就要碰上他的车了，情急之中，你不得不捏刹车，使自行车的速度放慢或停下。而这时紧跟在你后边的另一个骑自行车的小偷，假装躲避不及，碰到了你的自行车上，而且正好是他自行车的脚踏挂在了你的自行车后轮内。于是，他赶紧下车，一边用手抓住你的自行车后轮或车条不放，一边低着头故意大声喊叫："挤着我的手了，挤着我的手了！"还说让你快搬一下自己的自行车。这时候的你，可能会被这突如其来的撞车，弄得不知如何是好，再加上小偷的喊叫，更是让你手忙脚乱。当听到小偷叫你搬车时，你就会不假思索地回过头来去搬自行车。可你费了好大的劲，自行车却怎么也拽不出来。

殊不知，这都是小偷的有意安排。后边的小偷低着头喊"挤着我的手了"，他不抬头是怕你看见他的模样，以后把他认出来；他的手也并没有被挤着，而是抓着你自行车的后轮或车条不放，让你拽不开。这样，就在你用力拽自行车时，另外一个小偷就趁机溜到你自行车的前边，迅速拿起车筐内的手提包，或是迅速把你的手提包打开，从里面掏出钱或手机再把拉链拉好，然后骑上自行车或让同伙骑车带着他，迅速逃开。后边的小偷看见前边的小偷跑远了，便装作终于把脚踏从你的自行车中弄了出来，于是，也骑上自行车赶紧跑；有的还边骑上车边客气地对你说声"对不起"。这时你若是发现提包被偷，要去追赶，负责望风的小偷马上就会以过路人的身份出现，拦住你问："发生了什么事？"以此来拖延时间，掩护同伙迅速逃离。

如果小偷发现你的钱或手机放在身上，他们也会千方百计地设法偷走。其采取的办法是，从后边挂住你的自行车后，又故意用力一挤，使你连车带人慢慢地歪向一边，有时还可能倒在地上。于是，小偷便连忙跳下车，说着"对不起"给你赔礼道歉，你要是位上了年纪的老先生，他还会一边礼貌地对你说着"大爷，对不起"，一边帮你扶起车，问你："大爷，碰着了没有？"其实，就在他扶你时，已趁机把你口袋内的钱或手机掏走了。有时，当你翻倒在地时，小偷一个人并不好偷，另一个同伙就会以过路人的身份跑过来帮忙，假装帮你扶车，再把你从地上搀起来，关心地问着："大爷，怎么样，有事没有？"同样就在这一搀一扶之间，你口袋内的钱或手机就落进了他的腰包。

小偷的"表演"可能还让你很感动，认为这两个年轻人不错，讲文明懂礼貌，爱帮助人。可等小偷走后，或者等你回到家里发现被偷，这时你可能才会想起来那两个"不错"的年轻人原来是小偷。但这时的小偷早不知跑到什么地方了。

几百元、几千元或上万元，老先生只换来几声"大爷"。

往自行车里扔东西后偷包——

有时你骑自行车怎么也蹬不动，回头一检查，发现原来后轮内缠上了东西。当你遇到这种情况时，请你千万记住，先把包拿到手里，再回头去拽缠在你自行车后轮内的东西，因为这也是小偷偷包时常用的一种手段。

靠这种手段进行偷包的多数都是两人以上作案，偶尔也有一个小偷单独干的。他们偷盗的对象主要是车筐内放有提包骑车或推车的人。他们提前等候在你要经过的路边或路口，当你走过他们跟前时，其中一个小偷便趁你不注意，把事先制作好的一些线团或尼龙丝、布条、铁丝钩等偷偷地扔到你的自行车后轮内。你回头看时，发现自行车后轮缠上了东西，自然就会下车或回头去拽。可这些东西缠得很牢，一下两下还拽不出来，于是，你不得不低着头去使劲。你使劲拽的时候，另一个小偷则迅速地溜到你自行车前边，把你车筐内的提包拿起往怀里一揣（有的则用一件衣服包住，放到自己的自行车筐内）；要是你将包带拴在了车把上，小偷就会用事先准备好的剪刀，剪断包带再偷走，或是直接打开你的包，将里面的钱或手机等拿上，然后转身向小巷或岔路逃去。

　　你费了很大工夫，才把缠在自行车后轮内的东西拽了出来，等直起腰发现自己的手提包不见时，小偷与你的手提包一样，也早已不见了。

5. 开车防小偷

　　如果你是一名汽车司机，或者你是汽车的车主、货主，在开车或坐车外出时，要特别提防这样的小偷：他们专门偷你汽车内的提包。这种小偷大部分都是团伙作案，多时每伙能有七八个人，如果行窃时被发现，他们就有可能发展成为抢劫。

　　其常见的偷窃手段有以下几种。

趁你不备，偷了包就跑——

　　当你或因修车，或下车乘凉、抽烟，或将车停在路边买东西，或站在车门口等人、与熟人说话，或遇到交警检查证件、处理违章，或汽车发生意外情况把车停放到路边、慢车道上时，因为你就在汽车旁边，为了省事，门就没有锁，而正是这个"省事"，给小偷造成了一个偷你包的绝好机会。他们会悄悄地从汽车右边迅速打开车门，偷了你的包就跑。

　　要是团伙作案，负责望风的小偷会在一旁偷偷地注意着你，如果你一直紧盯着汽车，或者是突然转身要上汽车，他就以借火点烟、问路等为由站到你面前与你说话，引开你的注意力或挡住你的视线，以便负责动手的小偷行动。小偷一旦偷到手，马上就会骑上摩托车、自行车或坐出租车逃走。这时，和你说话的小偷看到同伙逃开后，也就自然而然地离去了。

你要是开着一辆高级轿车，站在车前等人，车门没上锁，这时小偷为了引开你的视线，他就会没话找话，譬如他问你车是什么时间买的，多少钱买的，然后又煞有介事地指指这里说你的车有什么毛病，又指指那里说你的车怎么和别人的不一样，等等。也许你会觉得这个人很可笑，但又不好说什么。可等他走后，你回到车上发现提包被盗，这才明白了一切。其实和你说话的这个小偷还有一个同伙，当他与你正说着话时，躲在你车右边的同伙趁机就悄悄地打开了右边的车门。

所以，提醒开车的同志注意，右边的车门要经常上锁；下车时一定要随时将包拿在手上，不要怕麻烦，哪怕是你就在车跟前站着。

车里没人，就砸玻璃偷包——

先砸玻璃后偷包，这也是小偷的一种手段。

这种小偷大部分都是骑着自行车，或开着摩托车，或坐着出租车，到处打探。当他发现你的汽车停放在小街小巷无人处、自家门口、小区院内、道路旁行人少的地方时，小偷就假装从你车旁路过，偷偷地隔着玻璃向车内看，如发现你汽车内放有提包、手机、皮衣等贵重物品时，他们就会开始行动。首先是望风的小偷走到前边路口，看看有没有人过来，然后负责动手的小偷就用提前准备好的钳子等工具，或顺手在路边找块砖头，偷偷溜到你汽车跟前。为了让砸玻璃时发出的声音小，他们还事先备了胶带、织物等垫在玻璃上。当望风的小偷发出无人过来的暗号后，负责动手的小偷迅速把你汽车的玻璃砸碎，进行偷窃。

因此，一方面请你不要随意把汽车停放在人少的地方，另一方面请你在下车办事或回家时，千万不要忘记带上你的提包等贵重物品。否则，不仅会丢失这些物品，还会导致你的汽车受损。

说你撞了人，拦住你的车偷包——

这种小偷主要是在早晨或傍晚行人少时行动。他们或骑车，或开车，或坐车顺着环城路，特别是外地过路车较多的省道、国道或高速公路出口处，慢慢转悠。当他们发现你的汽车行驶速度较慢，或者是你把汽车停放在路边修车，或者停下车想在路边买些什么物品时，小偷便会立即把你作为他们偷盗的对象。

这时，负责动手的小偷便悄悄躲到你汽车右边，而他的同伙则走到你汽车前面拦住你不让车走，说你的汽车撞到了他们。当然你不会承认，说话也非常硬气。这时他们就假装十分生气，和你大吵大闹地说："就是你的车撞的，我们追到这里才把你给追上。你的车后边还有撞人的痕迹，不信你自己下车来看。"因为你知道你没有撞着人，也就理直气壮地下车跟他们到汽车后边去看。可就在你刚一下车，躲在汽车右边的小偷趁机就把你右边的车门打开了。

要是你车上还坐有其他人，你又觉得自己确实没有撞人，就是不跟他们下车。这时，小偷就会装作要和你打架，强行把你从汽车里拽出来；而你车上的其他人，自然也就会下车来，或与他们讲理，或说好话。同样，当你们一离车，躲在汽车右边的小偷就会趁机打开你右边的车门。

拽你下车的小偷将你拉到车后边，指指这里，又摸摸那里，说是撞人的痕迹。直到他们看到同伙偷盗得手，这才缓口气说："也许是我们看错了，走，我们再到别的地方去找找。"说罢，一下就都跑了。

如果你开车遇上这种情况，一定要沉着应付，先把车门锁好，然后再下车；要是车上还有其他人，千万不要一起都跟着下车，至少要留一个人在车上看着物品。如果有可能，最好能记住他们的相貌特征，或记住他们车辆的牌号和型号，以便等他们离开后，发现被盗后也好报警。

左边敲车门，右边偷包——

用这种手段进行偷包的都是两人以上，活动地段主要是在十字路口周围、集贸市场门口、路窄人多的街道。当他们发现你一个人开着汽车，右边座位上放有手提包或贵重物品后，就会立即跟上你。

当你在十字路口遇到红灯时，先有一个小偷快速溜到你的汽车右边，另外一个小偷则开着摩托车或步行到你汽车左边，抬手猛敲你的车门。当你打开车窗和他说话时，他只是向下指或向车后指，就是不说话；有时，他们也说话，但由于很"着急"，说出的话让你根本听不清。你以为可能是自己车后胎没气或是后边出什么事了，就打开车门向下边或后边看。就在这时，躲在你汽车右边的小偷会迅速把你右边车门打开，抓起你放在右边车座上的提包或其他贵重物品向小街小巷逃去，或是让同伙开着摩托车带上他逃走，俗称"飞车党"。因为你开着汽车，又是在路中间，偏偏这时，绿灯也亮了，于是，你一时无法撒开腿去追。等你找到地方泊好车，再回头来找，小偷早跑得无影无踪了。

只要你一放慢车速，小偷就有可能会采取这种方式"吃"你，所以最好的保护措施就是，请不要怕麻烦，即使你在车上也要把右边的车门锁好，这样肯定安全多了。

扎破车胎后偷包——

这种小偷可以称得上是靠技术偷窃的"大偷"，他们针对的对象主要是开汽车到银行取款的人。只要得手，一次就可能会"吃"到数千元、上万元甚至更多。

这种小偷手段很高，技术老练，他们专门制作了一种三角形的金属工具，工具中间是空心的，带有一个很锋利的尖，一旦扎到你的汽车轮胎上，你车胎内的气就会慢慢地放尽。

他们每伙都在 3 人以上，有专门开车的（汽车或摩托车），有望风盯梢或监视的，有动手偷的。如果他们看见你一个人把汽车停放在银行门口进银行去了，负责监视的小偷便立即跟上你，看你是存款还是取款。要是见你在取款，他便马上向同伙发出暗号。在门外的小偷得到暗号后，根据你汽车停放的位置，悄悄把三角形工具放在你车轮的前边或后边，他们为了逼你的汽车向前走或向后倒，会把自己的汽车或摩托车停放到你车的前边或后边，或者让两个小偷站到你车前或车后说话。等你取款出来，看见车的前边或后边有车或障碍物，你向后倒或向前开，轮胎就正好轧到他们放的三角形工具上；或是见车前或车后有人在那里站着说话，你便鸣笛想让他们让开，可他们却像没听见一样，站在那里只顾说着，就是不让。没办法，你只好把汽车向前开或向后倒一下。可这一倒或向前一开，又正好轧到他们放的那个三角形工具上了。

由于这个三角工具空心，很细，扎到车胎上后，不会一下将你的车胎气放光，所以你一时半会并不知道，只顾着开车一直走。这时，他们便会在后边不紧不慢地跟着你。等到你走出几里路，因车胎没气将车停放到路边换轮胎时，他们便会悄悄地接近你的车，然后趁你正忙着换轮胎的时候，偷了你的钱包便逃之夭夭；即使有时不止一个人去取款，但同去的人也会在你停车时下去看或帮着你换轮胎。

所以，提醒到银行取款的同志，当你取款上车后一定要养成把车门锁好的习惯，如果你的车发生了意外，如出现故障，请你一定要锁好车门再下车。车上要是同时坐有其他人，请你一定要留下一个人在车上把钱看好，不要统统都跑下车。

6. 饭店防小偷

你要是到饭店吃饭，也要提防掏包、偷包的小偷。

一般到饭店偷包的小偷多为单个小偷或两三人合伙。

当你进入饭店，或许会把自己携带的提包往桌子或身旁的空凳子上一放；接听过电话，你也可能随手就把手机放在饭桌旁边；为了就餐方便，或是感觉热了，把外衣脱下来挂在身后的椅背上……殊不知，这些正为小偷提供了可乘之机。小偷进来以后，他们会假装找人或找空座位，首先进行观察，寻找适合他们偷盗的目标。这时，如果他看见你只顾和同桌说话，只顾与服务员点菜，只顾低头吃饭，或只顾几个人脸红耳热地喝酒，就是没顾自己的东西，这时，小偷便会偷偷地溜到你旁边，趁你一不注意，抓起你放在饭桌上或身旁的提包或手机就走；或是溜到你身后，悄悄把你挂在椅背上的衣服口袋摸上一遍。而这一摸，你的钱或手机也就自然很快换了主人。

小偷要是看你有所警惕，不太好偷，他们就会通过几个人的密切配合来进行偷盗。

他们先由一个小偷走到你跟前，和你或你同桌的人搭话。譬如他问你们菜或饭多少钱一盘，菜的味道怎么样，旁边的凳子有没有人坐，或是借火点支烟等，以此引开你们的注意力和视线，就在你好心地与他解释或替他点火之时，他的同伙就在另一边动起手并偷走离去了。

有时他们还会采取另一种手段。他假装从你身旁路过时不小心撞着你了，或是把你饭桌上的杯子、筷子或其他物品碰到地上了，以此把你的注意力吸引过来，好让同伙下手。一般遇到这样的情况时，你或你的同桌要么站起来，要么低下头看什么东西掉地上了，还有性子急的再加上喝了点酒，可能会和他吵起来，甚至还要与他打架。而这种效果正是小偷求之不得的，当你们正在"理论"时，小偷的同伙趁机溜到你们旁边，把放在饭桌上或凳子上的提包或手机偷走，或者借看热闹之机溜到你的身后，偷偷把挂在椅背上衣服口袋内的钱或手机掏走。撞你东西的小偷看同伙"吃开"并离走后，这才一边连连对你说着"对不起"，一边也悄悄溜了。

还有的小偷看你警惕性很高，一时不好下手，但又不愿放弃，这时，他们就会找个座位在你们周围坐下，像一般顾客一样点菜、吃饭，但他却时时在注意观察，等待时机。譬如当他发现你们酒都喝得差不多了，或有的起身去卫生间，或有的低头吃着饭，或有的侧身在一起说话，于是，小偷便将饭碗一丢，开始对你们下手。

所以，我们不论到什么地方吃饭，都不要忘了防小偷，提包、手机等贵重物品不要乱放；同桌吃饭时要互相照看，特别是面对面坐着的人，如发现对面、背后或旁边有可疑人时，要及时互相提醒。

医院缴费处是胡雪林经常出现的场所

7. 医院防小偷

假如某天你因身体欠佳上医院看病、住院，或是陪亲友到医院看病、住院，或是到病房去探视病人，也请你千万别忘了提防小偷。

到医院去掏包、割包的小偷多为"老客人"（经常去），他们偷医院也很有经验，知道哪个医院好偷，医院哪里好偷，什么时间好偷。

他们一般都是单个或两三人为一伙，在门诊部的收费处、取药处、急救中心和病房内下手，其掏包和割包的手段与其他地方相同。

在收费处、取药处等窗口，小偷主要是掏包或割包。人少时，他们就站在窗口外面动手；人多时，他们就挤到人群中，有的还会手上拿一张处方或化验单，假装在交款或取药，但他们一般不排队。假装交钱的，挤到窗口时却不交；假装取药的，挤到窗口却不取。就这样，他们挤进挤出，在这一进一出之间，就动起了手。

有的小偷并不是一开始就挤进去，而是站在不远处，偷偷地看着别人的眼色和口袋，寻找偷盗的机会和对象。

在医院候诊大厅或走道内，小偷主要偷的还是你的包，如你因候诊、等人等原因放在身旁凳子上或脚跟前的提包。要是单个小偷偷你，他会站在或坐到你旁边，趁你不注意时偷了你的包就跑。要是两个以上小偷合伙偷，在对你动手时，负责动手偷的小偷就会先坐或站到你一侧，打掩护的小偷则到你相反的方向或你的前边来，无话找话地与你搭讪，譬如问你看某某病在什么地方，化验室在什么地方，某某医生上班没有，目的就是让你扭头和他说话，以此来引开你的注意力和视线。而在你放包一侧的小偷，则趁你扭头说话之机，偷了你的提包就走。

在急救中心，一个急诊病人可能会有几个家属或亲友陪同。因为病情紧急，家人都急得跑里跑外，忙上忙下。有的家属、亲友为了抬病人，就随手把自己的提包往桌子上或病床上一放；有的为了抬病人方便，还把外衣脱下来放到病床上。这时，小偷就会装作找人或看望病人混进去（因为病人很多，你既不知道他是谁家的亲属，也不好问他找谁）。小偷进去之后，就会趁混乱之机，把你的提包或脱下的外衣口袋内的钱和手机等偷走。

医院住院部的病房也是小偷经常光顾的地方，特别是那些小医院和管理不严的医院。

一个病室新进来一个病人，来看望的亲友较多，先住院的病人家属和后住院的病人家属又都互不认识，因此，便给小偷制造了一个机会，他们装作探视病人混进病房，伺机偷窃。

如果病房内住的病人较少，或病人睡着了，照顾病人的亲属也躺下在闭目休息；或家属出去买饭、打水、洗碗，病房内只留有病人一个。这时小偷就会装作看病人溜进去，有的还提一袋水果等礼品，这样，一方面，让护士和别人看了以为他是来探看病人的，另一方面，要是病房内有人或病人突然醒了，或是家属从外边突然回来了，他就随便编个名字，问你知道他住在几号病房，或说声"对不起，走错门了"。如果病房内没有其他人，恰好病人又睡着了，他就会偷偷把放在病房内的提包、手机等偷走，有的还敢把放在病房内的大衣或外套口袋偷上一遍。

到了晚上，夜深人静，那些专偷病房的小偷就会趁有的医院管理不严，或者晚上不锁门之机，偷偷溜入病房进行偷盗。他们趁你熟睡之机，把病房内的提包、手机等贵重物品偷走；有的小偷不仅偷你脱下的外衣口袋，还干脆把你的皮衣或外套往身上一穿，大摇大摆地走出医院。

所以，你到医院看病、住院、探视病人时也别忘了防小偷，特别是在病房内，提包和手机等贵重物品不要乱放。装钱的提包和衣服放病人枕头下压着会更安全一些。

8. 休息防小偷

有时你会遇到这样的情况，外出办事走累了坐在路边休息，这时来了一个陌生人问路，说了几句话后，陌生人便走了。可等陌生人走后，你回头一看，发现刚才放在身旁的提包竟然不见了。其实，你不知道，以问路为借口，也是小偷行窃的一种伎俩。

靠这种手段进行偷盗的小偷都是团伙作案，他们少则两人，多则数人，没有固定的偷盗地点和路线。当他们发现你坐在路边休息，或等人，或等车，或遇到熟人、朋友说话，把提包放在自己的身旁或自行车上时，他们就会立即把你作为偷窃对象。

若是好偷，小偷就会直接溜到你跟前，趁你不注意，偷了就跑。

如果你放包的位置小偷不好下手，他就会靠几个人的密切配合进行偷窃。先由一个或两个小偷走到你跟前，站在与你放包相反的方向或者前边，以问路为由，和你搭话。譬如问你某某单位在什么位置，去某某地往哪个方向走，买某某东西在什么商场，坐某某路车在哪儿等车，等等。总之，他会找各种借口和你搭话，有的还假装听不清，比手画脚，其目的都是为了吸引你的注意力或拖延时间，让同伙有机会动手偷窃。这时，若你旁边还有人，为了不让他们看见，另一个小偷也会上前与他们说话，以此来转移和挡住他们的视线。负责动手偷的小偷这时便偷偷地溜到你身旁或身后，趁你只顾扭头和他的同伙说话之机偷走。

这样的小偷并不难防，只要你在遇到陌生人问路时，一边为他指点，一边别忘了看好你的提包；遇到熟人说话或在路边休息时，最好不要把提包放到身旁，还是抱到怀里比较安全。

总之，小偷虽然神出鬼没，但并不神奇，只不过是靠着"三分技术六分胆，再加一分不要脸"，因此，只要我们平时脑中多根防偷的弦，就会诸事大吉。

　　总结完防贼秘籍，笔者还觉得缺少点什么，便和胡雪林经过一段时间的琢磨，又即兴创作了一首《防贼歌》：

扒手有特征，请君要记清：

夏不穿凉鞋，冬不戴手套；

走路半哈腰，背个大空包；

眼神特别低，准在找时机；

抢门不上车，专把手机摸；

项链脖上戴，警惕贼使坏；

裤兜不保险，让贼随便选；

双肩背虽好，扒手最易搞；

电脑也能偷，身前保不丢；

三五人挤你，警报要响起；

女孩向你靠，小心护钞票；

老贼不常见，照样把活练；

扒手不走空，意识别放松；

遇贼不要怕，人人都喊打；

有贼不必慌，张网把贼装；

以后再上车，记我防贼歌。

第四章
另类思考

　　题义：追问是为了探求真相；思考是为了提出警示。
　　题记：盗窃是一种低门槛、低成本的常见犯罪形式。在猫与鼠的博弈中，谁会成为最后的赢家？面对铲除不尽的鼠，如何才能培育更多像胡雪林一样忠于职守的猫来捕捉？家境富裕的人也屡偷不改，是满足怎样的一种心理？小偷的自我救赎又给人们以怎样的启示？在互联网风起云涌的当下，老鼠们还有繁殖的"窝"和"温床"吗？

世上有个招人恨的古老职业，那就是小偷。小偷就是偷他人东西的人，别称也有不少，比如"贼""窃""盗""扒手""梁上君子"等。

"梁上君子"从古至今就未绝迹过。因社会历史环境的不同，小偷或公开半公开或完全转入地下，但总是在社会的最隐蔽处顽强地滋生着。由于人性的弱点，也由于某些亘古未能解决的社会问题，这两类人群总是或多或少地如同毒瘤寄生在人类的肌体上。如今随着互联网的发展与普及，小偷这一古老的行业正面临着无物可偷的处境。

顺着小偷的发展的脉络，我们来了解一下小偷的前世今生——

1. "窃钩者诛"

小偷是随着私有财产的发展而出现的特殊人群，在商业初兴的先秦时期，就已见诸市井。

《庄子》里有"窃钩者诛"之语。窃钩，就是小偷趁着拥挤混杂，乘人不备，将他人束腰紧身的带钩偷走。此等技能，比起今日用镊子之扒手，似乎要更胜一筹。窃钩者诛，看来，入行做小偷，是有生命之忧的。

但为何历代都不乏盗人钱财的窃贼呢？

借口无外乎是为生活所迫，其实是想不劳而获。因为小偷小摸最多是受些皮肉之苦，所以偷就成了一部分好吃懒做者的不二选择。

历史上也涌现过不少神偷。比如，北宋天圣年间，东京汴梁黑道上就出了个赫赫有名的神偷，为后人留下了一笔茶余饭后的谈资。

当时的小偷，都是要借助工具才能完成作案的。小偷们的趁手工具就是一枚磨得锐利无比的铜钱，行窃时用以割人腰包，俗称"跑明钱的"。这种方法一直流传至今，只不过，现代的小偷不用费心伤神地磨铜钱了，因为有了现成的刀片可用。

而东京黑道上的那位神偷之所以能在众贼中"独享殊荣"，是因为他有一手别人难以企及的绝技——不用任何工具，在熙熙攘攘的街头，只要与人擦身而过，就能将其财物轻易拿来。

有一次，他向同行炫技，只见他双手高举，一挨身就把同行的银子掏出来了，好像身上还长着一只手。众人佩服得五体投地，给他送了一个绰号——"三只手"。

东京的那位"三只手"之所以能名留后世，得益于他与北宋名臣范仲淹的一次特殊交际。

原来，"三只手"虽为盗贼，但是也有自己的行为准则，也就是行窃者的"职业道德"吧。"三只手"的行为准则就是"三不偷"：一不偷忠臣义士，二不偷贫寒人家，三不偷良家妇女。如果偶尔走眼，偷了上述三类人的钱财，必定加倍奉还。这就是人们常说的"盗亦有道"。

"三不偷"是他本人的行窃原则，也是其门徒必遵的"祖训"，若有哪位徒子徒孙违规对上述"三种人"下手，则被视为不肖子孙，逐出"山门"。

有一次，"三只手"的一位门徒不慎偷了范仲淹的银子，"三只手"得知后，不仅严惩了恶徒，加倍奉还银两，还在退赔物中夹上一张纸条："不知是范大人的银子，今加倍奉还，望乞恕罪。"

落款为"三只手"。

范仲淹感慨道：朝廷昏庸，官场黑暗，达官贵人，明抢暗夺，竟还不如一个小偷！遂提笔在手，写了一首打油诗：

世人皆恨盗，岂知盗亦道；

若然都有义，怎会世颠倒！

正是因为范仲淹的这首打油诗，才让"三只手"之名流传于世，从此，"三只手"也慢慢地演变成今日"扒手"的别称。

还有人认为，扒手之所以被称"三只手"，是源于普劳图斯的喜剧《一坛黄金》。普劳图斯是罗马的一位戏剧作家，也是罗马第一个有完整作品传世的喜剧作家。普劳图斯出身于意大利中北部平民阶层，早年到罗马经商失败后，在磨坊作工，并开始写剧本。普劳图斯一共写了130部喜剧，流传下来的有20部，著名的有《孪生兄弟》《一坛黄金》《撒谎者》。

《一坛黄金》写的是一个叫欧斯洛的老人偶然得到了一坛黄金，终日惴惴不安，结果金罐还是被别人偷走了。他气急败坏地到处寻找，要一个奴隶把手伸出来给他看。他看了一只手还要看第二只，看了第二只还要看"第三只手"，一定要找出金子。

欧斯洛历经千辛万苦，总算找回了金罐，将它送给女儿作为嫁妆以后，他的心才得到安宁。从此，"三只手"便也成了小偷的代名词。

剧本对老人爱财如命的心理做了细腻而深刻的描绘和揭露。莫里哀的《悭吝人》（又译《吝啬鬼》），就是根据这个剧本改编的。

北宋神偷"三只手"也好，普劳图斯笔下的欧斯洛也好，他们的故事离普罗大众是遥远的。因为，范仲淹的打油诗，文人们或许知晓，芸芸众生却无从关切。"三只手"的普及之力，应该是另有其手。

其实，"三只手"普及的背后还真的另有其"手"，不过，这并不是一只手，而是"三只"手——掱。

"掱"是个历史悠久的汉字，读音为 pá，上下结构，字从三只手，为会意字。其中，两只手表示"正常的手、掩护的手"，第三只手表示"偷窃之手"。本义为扒手，贴身的小偷。

"掱"字本身就形象地描摹了扒手的特征，他们就像有一只无形之手，可以神不知、鬼不觉地将他人钱物据为己有。扒手，最早就是写作"掱手"的。

现代小偷除了使用刀片之外，最常用的还有长铁夹、镊子、钳子（技艺高超者也有徒手作案的）等，所以，小偷又有了个时代气息鲜明的别称——"钳工"。这些工具，其实就是小偷们的第三只手。

小偷们盗窃的伎俩也是花样繁多，各显神通——

南宋周密《武林旧事》称："若阛阓之地，则有剪脱衣囊环佩者，谓之'觅贴儿'。"这是用剪子、刀片之类工具，专找悬挂在身上的"小钱包"下手。有些人用的是围在腰间的"大钱包"，但小偷也有对付手段，诀窍在于配合得法。

南宋陈世崇《随隐漫录》里举过这样一个实例：有人摆场子卖药，观者如堵，腰缠大钱包的人也挤在人群里看，翘起脸，伸长颈，跐起脚，但两手却始终护在腰间不放，算是提高警惕了。偷窃团伙来了，其中一个贼就地取材，捡起一根树枝，对准护包人的脖子上一刺，护包人的第一反应是用手去抓，就这么一瞬间，腰里缠的大钱包就被人解开拿走了。

北宋时，开始流行一种纸币，叫"交子"，据说最先出现于四川，于是四川偷儿又相应发明了在手指间挟藏薄刀片割窃"交子"的"专利"，颇类似于近代都市中的"割包"。《折狱龟鉴》上对此有所记载："蜀民以'交子'贸易，多置衣带中，而盗于爪甲间扶刀，伺便微取之，至十百而不败，民甚病之。"后来，彭思永任益州路转运使，兼摄成都府事，想方设法才抓住一个，供出了不少同伙。

团伙性的上门撬窃，宋时也还不少，但手法已较过去高明很多。岳珂在一史料中记载，九江有一周姓人家，家住在太一观前，养了几十条狗看家，"皆西北健种，晨继昏纵，穿窬者无敢睨其藩"。某日，主人拿钥匙开锁，略觉异常，及回房打开箱笼一看，贵重物全被盗空了，还搞不清是哪一天失窃的。"亟集里正视验，迹捕四出，查莫知所从"。足见小偷偷术缜密巧妙。后来因其中一偷在使用赃物时"失风"，才依其口供将同伙陆续抓获。

偷盗牲畜及家养动物等，也是窃贼弄钱寻利的方法，其手法也甚令人叹服。宋太宗时的通告里，将"相聚赌博开柜坊""私销铜钱为器用"与"屠牛马驴狗以食"并列为明令禁止的三项社会公害，可见其时此风很盛。

岳珂在《桯史》说，他在京城任职时，家里养过一只青色猫，很能捕鼠，家人皆欢喜。一天中午，猫跑出门外，再没回来过，悬赏寻找亦无下文。岳珂还回忆起他儿童时，家养的一头牛被人偷了，进而听人说百里之外有伙人因分肉不均，打起架来，找官府解断，哪知这肉还是偷来的一条牛。"后推其月日，乃同一夕"，不过令他百思不得其解的是，"盖远在百里外，牛举趾缓，迄不知何以致也"？

后来，有个"能知阎里之奸"，即通晓这帮市井无赖活动的人，向他披露了点内幕：和宁门有个招牌称"鬻野味"的熟食店，所卖卤味肉丰而价廉，市民们都爱去买。其实原料就来自临安城里的家养猫狗。狗是晚间去偷，猫则公然在白天攫取。京都人住房紧张，猫常在外嬉游，小偷抓起来就往怀里一揣。如有人察觉跑上去问他，他必先反问你的猫是什么颜色，然后从袖管里甩出猫尾巴来让你看，准让你没话可说。什么缘故呢，他手里照例准备了十几条猫尾巴。京都里的人，大都没有追究坏人坏事的习惯，知道对方是偷猫贼，但只要没偷自家的，也就掉头离开。结果到了夜晚，猫儿、狗儿就下了"鬻野味"的厨房了。

还有偷牛之法，也极简便。牛嗜盐，偷儿准备一钩、一绳、一竿，绳钩束在腰带里，竿儿拿在手里当拐杖，谁见了也不会起疑心。到了夜里，将缚上钩子的绳子从竹竿中穿过，溜进牛栏，先给牛吃一点盐，牛舌头一伸出，即用钩子钩住。牛负痛要撞人，终隔着一竿距离撞不着；要叫，有个钩子在，叫不出。偷儿能奔多快，牛也只好拼命跟着奔多快，老黄牛便成了快马。后来岳珂又去请教一个专门捕拿偷贼的吏员，全得到证实。遂大叹："嗟夫！盗亦人耳，使即此心以喻于义，夫孰能御哉？"

岳珂所述中点出了"都人习尚不穷奸，虽知其盗，以为它人家猫，则亦不问"的自私心态。其实，这是当时社会风气的真实写照。这其中，甚至包括一些吃官俸食"君禄"的"公人"，也往往因事不关己而漠然视之。这种心态，又恰恰助长了盗贼们公然逞奸。

南宋费衮《梁溪漫志》中记有这样一件事：有个官员调职京都，租了房子住下，常在门前一家茶馆中闲坐。茶馆旁有家染坊，每天都有许多染过颜色的绢帛布匹在坊前高高挂起晾晒。某日，这个官员正在茶几边呆坐，发现一些人在染坊前转来转去，像是要偷染坊里的东西。正惊异间，有个人走过来，附在他的耳边悄声说："我们想偷染坊里晒的布，请您别声张。"官员竟回答说："这关我何事？我才不饶舌呢。"那人连连称谢而退。

官员私下想，那些布挂在通衢之前，又是大白天，万目共睹，你们"若有术可窃，则真黠盗也"。于是睁大眼睛看好戏。"但见其人时时经过，或左或右，渐久渐疏。薄暮，则皆不见。"官员笑了："都是些说大话的，果然骗我。"这才想起肚子饿了，起身回房间，"则其室虚矣"。

比起《庄子》里所述窃贼行窃时先入者"勇"、后退者"义"的那等先秦时的作案现象来，两宋窃贼的"智慧型犯罪"，真可谓大有"长进"！

"趁火打劫"也是窃贼惯用的偷技之一。窃贼确实是趁别人家着火而实施偷盗术。这些窃贼作案的手法通常有两种。

其一是：家中失火，妇女必惊惶失措，呼夫觅子，左手提箱，右手抱篮，抢出一些东西后，她们心中总也舍不得家中的其他财物葬于火海，急欲冲进火海再抢出一些东西来。窃贼利用妇女们的这种心理，便趁机上前，装作好人，殷勤地表示愿意为妇女照看物品。妇女此刻正盘算着有人代为看管物品，自己好脱身再取其他物品，于是不假思索，急忙将物品交予窃贼看管。待妇女返身回来，放物品的地方早已空空如也，贼去物空。

其二是：窃贼选择紧贴起火处的一家，破门而入，声称要替主人搬出物件。且不容分说，肩扛手提，这个时候，主人往往还以为遇到好人，心中正感激呢。纵然主人内心有所疑虑，但火势瞬间将至，急欲搬出物件，哪里还有时间细问究竟，只得听之任之。直到最终不见了搬出的物件，才明白自己上了当。

"投石问路"，是潜入人家作案时必要的一步。就是丢下石块，发出响声，以试探房中人是否已经熟睡。如房中人尚未入睡，听见声音，必然会高声断喝。此时，有经验的小偷就会装猫叫，或用手搓竹筷，发出像猫偷吃食物的呲嘴声，让屋里的人以为是猫而放松警觉。窃贼投石问路的方式还有：掘了洞以后，先伸进一条腿晃动，或用棍棒裹了衣服伸进去晃动，试探有无人或狗。倘没有动静，再潜进房内行窃。

2. "乱象丛生"的偷盗界

偷盗可以说是最常见不过的犯罪行为，但在这个行业里，充斥着形形色色的人和事，五花八门的案件随时都在上演，有些小偷的行为更是让人哭笑不得。既有得意忘形炫富被捕的，也有扮演"侠盗"劫富济贫的，当然也不乏良心发现浪子回头的。不过不论怎样，偷盗毕竟是不法行为，人们既要洁身自好远离犯罪，也要注意防范避免中招。

笔者在网上浏览"偷盗界之乱象"时，竟然发现了无数令人啼笑皆非的盗窃案例——

嘚瑟：英国盗窃团伙网上"炫富"暴露行踪

偷盗明明是见不得光的行为，但英国的一个盗窃团伙在屡屡得手后"不甘寂寞"，在社交网站上炫耀"战利品"，结果被警方顺藤摸瓜抓获。

据悉，这个盗窃团伙在 2018 年 4 月至 9 月偷得宝马、路虎、奔驰等品牌多辆豪车，以及一些珠宝、手机和手提电脑。其成员随后在社交网站"脸书"上传多张照片，展示其坐在偷得的豪车上摆酷、身穿名牌服饰或是假装吃夹有大量现金的"钞票三明治"的情景。

如此高调的行为自然引起了警方的注意，警方通过网上的线索将这个盗窃团伙一网打尽。

悔悟：美国一窃贼连本带利返还偷盗钱财

有时候一时的失足带来的可能是长期的良心拷问。美国的一名窃贼在偷了钱30年后，连本带息地返还了钱财，虽然此番悔悟有些"迟到"，但毕竟也算"赎清了罪孽"。

美国密歇根当局对外宣称，一名身份不明的窃贼寄给巴里县治安官办公室一封信，归还大约30年前偷窃的钱。写信人说，大约30年前在一家商场偷了约800美元，他寄给县治安官办公室1200美元，希望把偷的钱连本带息还给商场所有者。

调查人员设法找到了商场的所有者。后者感到十分意外，但十分高兴钱还了回来。巴里县代理行政司法长官贝克说，治安官办公室不打算弄清是谁还的钱，"从法律角度说，诉讼期已过，尤其是当你被这件事已经困扰了30年的情况下，我认为你已经受够折磨了"。

"早熟"：两岁男童溜门撬锁偷玩具

虽说开门撬锁是一门"技术活"，需要积累丰富的"实战经验"，但国外一名2岁的男童小小年纪就成了"开锁专家"。不过他之所以练开锁，是为了能在半夜溜进姐姐的房间偷玩具。

国外一对家长讲述了一件发生在他们家中的奇事。这对家长称，他们8岁的女儿总是抱怨自己2岁的弟弟会在半夜溜进她的房间偷玩具。于是他们便让女儿晚上把门锁上。但没过几天，女儿竟告诉他们，弟弟能把门锁撬开。

为了一探究竟，这对家长在两个孩子的卧室门前安装了夜视摄影机。通过录像，2岁男孩"溜门撬锁"的"盗窃行径"被公之于众。视频显示，小家伙轻手轻脚地来到姐姐门前，只用一个指甲钳，就轻松地打开了门锁。当他走出姐姐的房门时，手上多了一个玩具。

男孩的父母将这段视频上传到了网上，网友们纷纷称这个小家伙实在是"太有才了"。不过，希望他长大以后能把这门手艺用到正处，可别真成了溜门撬锁的小偷。

"公益"：德国窃贼盗窃饼干公司标志只为公益

德国汉诺威市2018年1月21日发生了一起离奇的"饼干勒索案"，有人盗窃了莱布尼茨饼干公司的青铜饼干标志，同时发出勒索信要求该公司从事公益活动，为一座医院的每位儿童发放饼干，声称在该公益活动进行之后，将归还所窃物品。

盗窃案发生之后，莱布尼茨饼干公司公开要求窃贼迅速归还公司标志，并悬赏1000欧元破案。虽然公司强调拒绝接受勒索，但承诺如果窃贼归还赃物，该公司将向52个慈善机构捐献52000包饼干。

虽然在公众看来，这桩敲诈勒索案非常好玩，但当地警方却对此严肃对待，宣布调查对象不仅涉及偷窃，而且涉及敲诈勒索行为。而案件的始作俑者沉默了两周之后匿名现身，归还了标志并表示了道歉。饼干公司最终也信守诺言，向各家慈善机构如数捐赠了其著名的黄油饼干。

诡异：美国男子偷父亲遗体等其复活

美国底特律曾发生一起怪异盗窃案，一名男子涉嫌从墓地将准备安葬的父亲遗体偷走，藏在自家地下室的冰库内。嫌犯被捕后声称，他不愿父亲下葬的原因是希望等待父亲有朝一日能复活。

据悉，以 93 岁高龄去世的布莱特的葬礼因为大雨被推迟，他的灵柩被暂放在墓地旁的一处陵墓内。可两天后的下葬日，人们发现布莱特的灵柩遭人盗窃，遗体不翼而飞。

警方经过调查，发现偷遗体的是布莱特 48 岁的儿子，并在其家中发现了布莱特的遗体。警方指出，嫌犯声称保存父亲遗体的动机是想等待上帝让父亲复活。

甜蜜：奥地利小偷偷走 18 吨牛奶巧克力

奥地利的一名小偷忍不住心中最原始的渴望，伪装成货柜车司机，从奥地利巧克力工厂公然偷走多达 18 吨的牛奶巧克力。

奥地利媒体称，2017 年 11 月，一名小偷从西部的布鲁登斯镇巧克力工厂，驾驶在斯洛伐克注册的货柜车，运走满满 33 个栈板的牛奶巧克力。

厂方原本以为这名司机要替他们把牛奶巧克力送到一间下订单的公司，但位于最西边的伏拉博格省警方说，这名司机的驾照和斯洛伐克货柜车牌照显然都是伪造的。

从巧克力工厂至下订单的捷克公司路程不到 1 天，但货柜车运走牛奶巧克力 4 天后，这些"甜蜜的货物"仍未送达目的地，显然是被人收为私货了。

倒霉：小偷盗病患者手机感染致命病毒

乌干达一名小偷偷走埃博拉病患者的手机后，自己也感染了病毒，而手机的原主人在向警方报警后已经死亡。

2016 年 8 月，一名 40 多岁的小偷于深夜潜入乌干达卡加迪医院，偷走医院隔离病房一名患者价值 23 美元的手机。但这名患者身染致命的埃博拉病毒，他发现手机丢失之后向警方报警，但不久就去世了。

警方随即锁定手机，找到了小偷。小偷对警方说，他只是去医院探望病人。然而，这名小偷不久就出现了感染埃博拉病毒的早期症状，他只得又回到卡加迪医院治疗。

3. 盗窃癖：有人偷盗并非为了钱财

盗窃癖患者在施行盗窃时，并非是为了财产，而是心理欲望驱使他们这么做。盗窃使他们产生快感，让他们欲罢不能。因此，他们不仅仅是罪犯，同时也是病人。

重庆晚报曾经报道过这样一则新闻：《富家女为寻求快感三次盗窃被刑拘》，事情的经过是这样的——

2020 年 11 月 12 日上午，南岸区公安分局南坪派出所接到辖区一服装店老板举报：一名穿着时尚、背着名牌包包的女士，从服装店偷走了一件价值 900 元的风衣。

　　南坪派出所民警经过调查后，锁定了犯罪嫌疑人，可是令人奇怪的是该嫌疑人在这次盗窃之后，就突然消失了——她既没有销赃，也没有再次偷窃。

　　民警只能连续追踪摸排，终于在 11 月 20 日将犯罪嫌疑人马某抓获。对马某进行调查时民警有惊人发现：她盗窃的风衣既未在身边，也没有销赃，甚至一次都没有穿过，而是放在了一个朋友家里……

　　马某异常的行为引起了办案民警的注意，在对她进行身份调查后发现，原来马某已经不是初犯——2019 年 6 月，她曾盗窃了一个蓝牙音箱，结果怕被老公责骂，直接将蓝牙音箱随手丢在路边垃圾箱里；2018 年 12 月，她曾在机场商店盗窃了一盒茶叶，店方报警后她将茶叶归还。

　　更让警方惊讶的是，马某并没有经济压力，她本身就在做生意，家里还有多个门面可以收租。不愁吃不愁穿为何还一而再再而三地铤而走险？甚至前两次盗窃被行政拘留后还不思悔改？马某向民警交代她有偷窃癖："我知道心理上可能有问题，但是忍不住。每次偷东西的时候都有一种特别的快感，让我管不住手。"

　　偷窃癖是怎么产生的，为何马某会深陷其中不可自拔？重庆协和心理顾问事务所所长谭刚强，他首先介绍了偷窃癖的成因："偷窃癖属于意志控制障碍范畴的精神障碍，一般都和成长的环境有关，从小偷小摸到偷窃成癖。案件中的马某，家庭比较殷实，却管不住手，可能和她家庭关系的缺失有关。在家里得不到足够的亲情或者爱情，她就需要报复性地宣泄，通过偷窃满足自我的认可。这其实跟黑客攻击网站是一样，完成这个行为只是为了内心的快感，寻求一种高强度刺激。当然，也有可能是她在工作中期望值过高，一旦现实达不到期望值，就只能通过其他方式获得满足。"

马某的偷窃癖应该如何矫正？谭刚强表示需要双管齐下："首先她的家人要对她多加关爱，女性一般比男性更喜欢攀比，更在乎外界的评价和关注，因此在生活中要多鼓励她、关注她，让她得到认同感；其次要让她多参加一些有意义的活动，获得一些新的爱好和兴趣。现在很多人吃东西之前都要拍照发朋友圈，就是希望看到朋友的点赞，从而得到一种认同感和满足感。可以让马某多参与观影、摄影之类的群体活动，在与人分享、交流的过程中获得认同感和满足感，用健康的爱好代替偷窃的恶习。"

偷窃癖常常出现在人们的身边。

"这是你掉的东西吗？"一个面带善意的人出现在你的面前，将你还在苦苦寻找的手机归还到你的手中。你心怀感激，并且感慨着这个世界上还是好人多。但是你怎么也想不明白，你的手机明明是放在背包里面的，为何会跑到外面来？

但是你是否想过，那个归还给你手机的人很有可能是从你包里把手机摸走的人呢？当然，我们在这里探讨的是这样的一种可能性，并非是对于这个世界上做好事的人的怀疑。这种听上去匪夷所思的事情其实的确是可能发生的。因为你碰到的可能是一个不是小偷的小偷——偷窃癖患者。

具有偷窃癖的人在进行偷盗行为的时候，脑海中并非是想着将这部分偷来的财产进行销赃，因为直接让他们得到满足的，仅仅是偷窃行为本身。就好比一个人每次坐车的时候，买完票就下车了。但他们的这个偷窃行为的确是侵犯了他人的财产权，即使他们最终将财产归还抑或是最终没将这部分的财产占为己有，但他们的行为都是犯罪行为。透过这些行为背后，我们也应该看到其中所蕴含的心理学知识。这种具有偷窃癖的人，不仅是罪犯，也是患者。因为偷窃成瘾的人在心理学家看来的确是有心理障碍的，从精神病学的观点观察，偷窃癖是一种特殊的变态心理行为。

要判断一个人究竟是单纯的偷窃犯还是具有偷窃癖的患者，我们往往要从偷窃癖的特点入手，偷窃癖患者有以下主要特征。

一是反复出现偷窃的冲动，而且这种偷窃冲动的出现是患者本身不能控制的。这一点就直接将其与一般的偷窃犯分开了。对于一般的偷窃犯来说，他们偷窃的冲动是因为金钱欲望的驱使，而并非是偷盗行为的本身。他们偷窃并非是内心深处寻求这种刺激的冒险，而是一种迫不得已的"风险投资"。但是许多的偷窃犯在多次的偷窃之后也形成了一种类似的心理状态，所以由偷窃犯转换成偷窃癖的人也不在少数。

二是有偷窃癖的人偷窃物品一般既不是因为自己需要，也不是因为物品具有一定价值，他们对偷窃物品的选择几乎是随机的，没有明显的选择标准。偷来的物品也往往会被他们藏匿起来，或者偷偷地归还原主，也有可能遗弃。这一点对于一般的偷窃犯来说是不能理解的，万事俱备，只欠取款的时候他们却走了，相信许多偷窃犯还会指责他们是没有"职业素养"的一群人。

三是与一般的偷窃行为不同，偷窃癖患者的偷窃行为一定是没有预谋的，都是一时冲动而进行的。他们没有明确的目的，一般既不是为了求财，也不是为了报复或者表达愤怒的情绪，更不是受到幻觉、妄想的影响。而一般的盗窃犯则会进行充分的谋划，盗窃对于他们来说是目的而非结果。

四是偷窃癖患者在偷窃之前会非常紧张，当紧张达到一定强度的时候，就会无法克制地去作案，并且在行窃过程中有满足感，使自己心情愉快或者放松。偷窃癖患者追求的正是这个过程，这种刺激和放松可以满足变态的心理需要。而一般的盗窃犯的满足感只有在最后将被害人的财产纳入自己囊中的时候才会产生。作案中的成就感只是其偷盗行为的衍生产物。

当然，上述的特点也不是绝对的。有研究表示，一些偷窃癖患者起初的确怀有一种报复心理，试图通过偷东西来表达自己的愤怒、实施报复，但是接下来反复的偷窃冲动乃至偷窃行为，就与愤怒和报复关联不多了，"习惯"的影响占到绝对比重。

从心理学角度来讲，偷窃癖是一种精神障碍，属于冲动控制障碍的范畴。冲动控制障碍的表现即为"一组少见的、无清楚的合理动机而反复出现的精神障碍"，通常患者的行为是违反普遍意义上社会行为规范的，乃至时常会触犯相关的法律法规。偷窃癖患者一般除了强迫性偷窃以外，没有其他的精神异常，更没有智力方面的缺陷，并且患病原因与患者的智力水平、文化水平、家庭经济情况没有必然的关系，患者中不乏高智商、高学历、高收入的个体，因此对于这一部分人，如果不能通过治疗将他们拉回正常的社会群体，他们就必定会面临牢狱之灾。所以对于他们的治疗便显得必要且急切。

胡雪林曾经抓获一个贼头，这个贼头穿着干净、整齐，头发一丝不乱，在抓捕的过程中，得知这个贼头还是一名法院的书记员，这让所有干警十分惊讶。

那是2008年的一件事了。来自湖北某市的四男两女，组成了自助旅游团。他们或坐长途大巴，或坐火车，从武汉往江苏方向行进，无固定目的地，沿途只要有城市，他们就住下来，走走停停，吃喝玩乐，过着逍遥安逸的日子，却不用自己掏一分钱，他们的钱从何而来？靠亲友资助？否！随身携带袖珍印钞机？否！那么他们靠什么支付每天 6 人的吃喝玩乐、游山玩水的不菲的消费？一个字，偷！

因此，他们既是旅游团，也是偷窃团。令人震惊的是这伙一路靠扒窃来支撑巨额消费的"贼头"，居然是某市人民法院的书记员。他的女友也在这个团伙里，虽然他自己不直接偷，但他指挥其他人去偷，然后共享偷窃成果。一旦被发现，他就亮出自己的法院工作人员身份，为同伙脱身掩护。如果同伙中有人被当场抓了，他就说："交给我吧！我是法官。"采用此种手法，一次次地把抓获小偷的群众蒙骗住。于是，"老鼠"一次次得以安然脱险，"猫"和"老鼠"一次次举杯同欢、额手相庆。

此事发生在 2008 年的春天，江南暖风吹拂、莺飞草长、柳叶初绽，正是适合旅游的最佳季节。这伙人一路逍遥到了镇江。此前，他们经过很多地方，基本上都有惊无险，把别人的口袋当成了银行的取款机，一次次成功获得"可持续"玩乐所需要的人民币。但他们没有料到，到了镇江，一出火车站，就被胡雪林盯上了。从他们相互间讲话的姿态、神态、衣着上，胡雪林就认定这是一伙不务正业的人。

在某公交车车站，这伙人趁人多往车门拥挤时，相互掩护，围住了一名女士，一人则把女士口袋里的钱包扒到了手中。胡雪林把扒窃者抓住，把他从车门边拉下来。女士钱包里有 800 元外汇券和 1000 元人民币。他们的贼眼看得真够准的，在那个年头身边能携带这么多钱的人并不多。

这时，一名 30 多岁的男子走过来，从口袋里掏出法官证说：

"他（指扒窃者）是我朋友，看在我们是一家子（同是司法系统工作人员）的份上，放了他吧！我们出来旅游，身边没钱了，他才犯了错⋯⋯"

胡雪林看了他的证件，从上面看该男子是某市区级法院的书记员，心里不禁"咯噔"了一下：好家伙，执法人员居然与窃贼同流合污，这还了得。同行中有此等败类，真是奇耻大辱。他鄙夷地看着他，没等胡雪林吭声，该人又说："你要什么东西，我回去给你办。我爸是××市人民法院院长⋯⋯"为了稳住这伙人，胡雪林便说："你们先跟我一起到刑警大队去，能帮忙我会尽量帮忙。"胡雪林的徒弟先将其余5人分别用手铐铐住，然后这位同行的书记员也跟着一起被带到了刑警大队，工作人员对他们分别进行了审讯。

该书记员声称："我没偷，我在一边玩。"而同行的5人则供称："是他带我们出来的!"他们沿途到了芜湖、南京等城市，作案数十起。这个集"贼头"与"书记员"双重身份的家伙被判处四年有期徒刑。

这个案例在胡雪林心中一直是个结，他百思不得其解，便请教当地的心理专家。专家认为，这可能与贼头的心理疾患有关，他有明显的"偷窃癖"。

专家认为，目前治疗偷窃癖的方法主要有三个，一是通过催眠和行为疗法戒除偷窃行为，二是通过训练生活技能技巧来戒除偷窃行为，三是通过厌恶疗法来达到抑制偷窃冲动的目的。临床结果显示，相比之下，厌恶疗法是比较有效的治疗偷窃癖方法。

但无论何种治疗方式，首先避免形成偷窃癖才是健康生活的保障。这就需要我们在日常生活中遇到心理冲突时及时疏导，使冲突及时化解，从而达到预防偷窃癖的目的。当然，及时的心理疏导更是预防其他心理疾病的关键。

只有社会的治安管理和心理上的正确疏导同时进行，才能做到让这个世界真正地变成一个"天下无贼"的世界。

4. 大学生偷窃行为的心理分析

应该说，在今天，偷窃与饥饿、贫穷的关系极小。然而，在纪律严明的大学校园，偷窃现象却屡禁不止，且有明显上升趋势。

我女儿赵锴文在南京师范大学学习教育心理学，研究生毕业后，她曾经对大学生偷窃的心理进行过分析：以某高校为例，2018年、2019年、2020年因违纪受处分的学生分别为9人、12人、18人，其中，因偷窃而受处分的分别为3人、6人、8人，占违纪总人数的4.2%、11.5%、18%，逐年增多，且增幅较大。

人们不禁要问：堂堂大学生，偷窃为哪般？

大学生偷窃现象大体上有以下几个类型：

一是按参与偷窃的人数，大学生偷窃可分为团伙型和单干型。

团伙型由两个或两个以上关系要好的同学或老乡共同实施，他们大多有分工，有人放风、有人去偷，以偷窃自行车、衣物等物品为主。不同于社会上的团伙盗窃主要以销赃获利为目的，他们偷来的东西大都是原物或改头换面后供自己享用，也有少数从甲地偷来乙地卖掉的。这类偷窃因为有多人参加，所以为了使利益均享，大多为多次偷窃，且往往事先有预谋。

单干型由一人独自实施，从偷本寝室、本班同学的化妆品、零用钱、钢笔、书等小件物品开始，进而胆量增大，偷窃图书及同学的衣物、现金、饭卡等。这类偷窃因以小件物品为主，所以隐蔽性较强，次数较多，例如，一女生被发现偷窃时，已作案30多次，偷书百余本，衣物几十件，价值上千元。

二是按偷窃时的心理状态，大学生偷窃可分为蓄谋型和偶发型。

蓄谋型偷窃者事先有明确的意识，甚至事先蹲点察看情况，有预谋地一步步付诸行动。例如，一女生常到隔邻宿舍去玩，发现一同学很有钱，遂生窃意，但那位同学的抽屉总锁着，她便耐心地寻找机会。一日她借那同学的自行车，那同学将车钥匙连同整串钥匙都给了她。她灵机一动，借机偷配了该同学的房门和抽屉钥匙，趁上课之机，偷走了那位同学的500多元现金，并伪造了作案现场。

偶发型偷窃者事前毫无思想和心理准备，常常因为贪占小便宜，一时冲动，看四下无人，便顺手牵羊，"拿走"别人的东西。某高校2018级的新生入学不久，一女生宿舍就发生了千元存折被盗事件。后来查明，原来是本宿舍一同学所为。该生家境富裕，随身带有800多元现金，并不缺钱。当问及她偷钱的动机时，她回答说："没有什么动机，看见她的存折，屋里没有别人，就拿了。"

当然，发生在大学校园里的偷窃事件多为复合型，如团体蓄谋型、团体偶发型、单干蓄谋型、单干偶发型等。

大学生偷窃，动机和原因众多，仅就偷窃心理而言，主要有以下几种：

一是虚荣心理。虚荣心理是自尊心扭曲的表现，是为了引起普遍注意或取得荣誉而表现出来的一种病态社会心理。虚荣心的背后掩盖着的往往是自卑等深层心理缺陷。虚荣心强的人常常是华而不实的浮躁之人，爱赶时髦，盲目攀比，讲排场。例如，某校一个大三女生，来自偏远的农村，家境贫寒，是受学校资助的特困生。然而，从农村到城市，从中学考入大学，该女生不再努力学习，爱上了跳舞，羡慕别人的时髦服装和各种化妆品，又因自己寒酸的衣着而懊恼。为了穿件像样的衣服，起初她省吃俭用、做家教，当这些满足不了她日益膨胀的虚荣心时，她便开始偷拿同学的零用钱、化妆品，并逐渐产生了"要有几百块钱该多好，最好不用还"的念头，终于铤而走险，撬开房门，砸开抽屉，拿走同学 1200 元现金，最终受到学校记过处分。

二是自私报复心理。自私是一种为满足自身的需求或者为了自己的私利而不顾他人、集体、社会和国家的利益，不顾社会规范、道德伦理，法律法规的制约，计较个人得失，不讲公德，损公肥私，甚至侵吞公款，诬陷他人，杀人越货的病态心理现象。自私的人具有较强的嫉妒、报复心理。有的大学生偷窃便是因自私、嫉妒、报复心理作祟。这类学生大多性格内向、孤僻，不善言谈和交际，自我封闭，与同学（尤其是本宿舍同学）关系不融洽，精神压抑。当看到别人在自己面前谈笑风生的时候，内心更感到孤独和痛苦，甚至以为他们是在故意气自己，在自私、报复心理的驱使下便会产生"不让我好过，也让你（们）尝尝难受的滋味"的想法。于是，就"拿走"他们的东西，当看到失主生气、焦急、沮丧的表情时，他们的心理就得到了平衡和满足。其实，他们偷来的东西很少自己享用，多是扔掉、送走，或原封不动放在某处。

三是侥幸心理。侥幸是指由于偶然的原因而得到成功或免去灾祸。大学生活是相对宽松的集体生活，学生的防范意识、安全意识、自我保护意识比较弱，这就给贪婪者带来了可乘之机。偷窃者明明知道被学校发现后会受到严肃处理，甚至会被开除学籍，但是他们仍心存侥幸，认为自己不会被发现，一旦行窃得手，便暗自得意，自认手段高明，多次尝到甜头后，胆子便越来越大，结果在泥潭里越陷越深。这类学生有的在偷得不义之财后，也曾想过"金盆洗手"，但由于意志薄弱，经不住物欲的诱惑，一有机会，便把后悔和法纪置于脑后，再次伸出贪婪之手。一学生便是在侥幸心理的驱使下，从偷用同学的香皂、洗衣粉等日常生活用品开始，到偷拿同学的书、钢笔、衣物，最后发展到伙同校外人员到本校一起偷自行车。当被抓获送派出所后，该生坦言："我从来没想过会被抓住。"

四是空虚心理。空虚心理是指一个人由于精神支柱的消失、个人家庭出现变故、社会交往的畸变或者由于缺乏自信，错误认知、需求无法满足等原因而产生的没有信仰、没有寄托、无所适从、得过且过、百无聊赖的一种心理现象。具有此种心理的学生生活没有目标，学习缺乏动力。这类学生或沉溺于"双抠"、垒"长城"等游戏，或热衷于灯红酒绿，或迷恋于武打、言情小说，或干脆整天与床为伍，当他们对这些也失去兴趣的时候，便会设法寻求另外一些新的刺激，甚至做出危害他人、集体或国家利益的事情。某高校体育系一学生在此种心理支配下，偷拆同学信件、贺卡，偷拿同学运动衣、运动鞋，然后扔掉，直至受到纪律处分。

五是偷窃癖。偷窃癖是在变态心理支配下表现出的一种反常行为。患者常反复出现不可克制的偷窃冲动，对偷什么无明确目的，偷什么便是什么，也不以攫取经济利益或供自己使用为目的，而是将它们藏起来，或者送给他人，或者暗地退还物主，或者扔掉，以此来满足变态的心理需求。某高校一大三学生，独生子，家庭条件很好，但有偷窃癖，所偷东西从学生证、借书证、书包、笔记本到收录机、收音机、衣服、床单等无所不有，一时间曾闹得整栋宿舍楼惶惶不安，后被夜间蹲点同学抓获。当学校调查取证的时候，该学生又因从校内书店偷书被抓获。用他自己的话说，"不偷不舒服，偷了也不是等着用。"

赵锴文认为，预防大学生偷窃，需要学校、家庭、社会三管齐下，共同努力。

一是加强思想品德教育。

学校是学生学习、生活的主要场所，良好的学校教育对学生的健康成长至关重要。首先，学校要加强思想品德教育，使学生具有高尚的道德情操，树立正确的人生观、价值观和世界观，并养成良好的行为习惯，自觉抵御市场经济条件下个人主义、拜金主义、享乐主义等的侵袭。其次，学校要加强法律纪律教育，增强学生的法律观念，维护纪律的严肃性，对小偷小摸不姑息、不迁就，防微杜渐。再次，学校要重视学生的美育、心理健康教育，不能一味地进行知识灌输，要提高学生审美情趣和心理素质，为学生的健康成长提供各方面的保证。

二是矫正家庭教育。

父母是孩子的第一任老师，家庭教育对子女的成长影响深远。目前，家庭教育主要存在以下四方面的偏差，需要纠正：一是重智育，轻全面发展；二是过分关注吃、穿和不同程度的溺爱、迁就；三是由于父母离异、家庭破裂或父母早亡等原因而疏于管教；四是有的家长素质较差、追求不高、手脚不净、品位低下，成为子女效仿的对象。某女生从小学到大学学习成绩一向优秀，母亲在她三岁时病故，家境贫困，父亲是一名小学教师，对兄妹三人尤其是小女儿疼爱有加，有求必应。该女生从小就有爱拿邻居东西的习惯，但父亲、邻居都因她年幼、缺少母爱而宽容了她。中学紧张的学习使她无暇顾及，到了大学，宽松的学习环境、迷茫的生活目标、盲目的虚荣攀比，终于使她把手又伸向了同学的钱物，终因多次偷窃被勒令退学，父女都流下了悔恨的泪水，也给社会留下了深深的思考。

三是净化社会环境。

在改革开放、建立社会主义市场经济的过程中，全社会都重视青少年一代的健康成长，都重视精神文明建设，应杜绝内容不健康的书刊、音像制品对青少年的影响，杜绝个人主义、拜金主义、享乐主义等对青少年的影响，消除浮躁之气，大力弘扬爱国主义、集体主义精神，为青少年的健康成长提供良好的社会环境。

5. 小偷自我救赎给人们的启示

《三字经》开宗明义第一句："人之初，性本善。"简简单单 6 个字，引发了千百年来的一个争论：人性是善还是恶？

对人性的争论，自古以来就分为两派，一派是以孟子为代表，主张性善论，并提出了著名的四端学说：恻隐之心，仁之端也；善与恶之心，义之端也；辞让之心，礼之端也；是非之心，智之端也。一派以荀子为代表，主张性恶论，认为人性的恶是动物本能，但这个恶并不是人的本性邪恶，而是人性中自私自利、损人利己的部分。

性善与性恶的争论，各有其充分的理由，谁也无法说服谁，因为这都是客观存在于人身上的。《三字经》认定的性善论是站在整个人类文化历史上的高瞻远瞩，人要相信善，才会有善的力量，推动善的行为，社会才有希望。

笔者认为，人性本来就是善恶兼具，不同的社会环境催生出了不同的表现，不同的条件下人会表现出多面性，有的人由恶向善，立地成佛；有的人则由善转恶，反误了卿卿性命。

笔者曾在媒体上看到两则新闻，说的是小偷在行窃之后，突然善心大发，改邪归正，引发人们的热议和讨论。

新闻之一——2017年10月8日凌晨，杭州市余杭区发生一起盗窃案，三名嫌疑人在盗窃得手后见一名醉酒女子落水，遂将其救起，并获警方表扬。事件说来也简单：韦某、王某和程某三名在杭打工的外地年轻小伙，经常游荡在杭州街头，估计是为生活所迫，三人在深夜里起了歹心，先后三次扒窃了他人的车辆，每次都是偷几十块钱，最多的一次是偷到两包中华烟。那是8日凌晨3点左右，三人见一辆奥迪车车门未锁，遂两人把风、一人入其内，盗得现金3000元。案发后不足一小时，即凌晨4点左右，他们在案发地点附近见一酒醉女子跌入河中，未及遐思，便毫不犹豫地跳进了冰冷的水中，搭救了该名女子。警方先在派出所表扬了三位好心人见义勇为的行为，后在监控视频画面的回放中愕然发觉，此三人居然在救人前不久扒窃了他人的奥迪车。两天后三人归案，又重回到警察面前，从见义勇为的好人陡然变成了盗窃分子，让人五味杂陈的同时，也给警方和司法者出了一道不大不小的难题。事件被报道后，各种议论纷至沓来。此盗窃案具有一定典型性，在情理法之间，到底如何平衡？

新闻之二——2022年8月15日，一家省级报纸刊登了一则现实版的"天下无贼"的报道——《小偷的自我救赎，千里归还百万玉器》。

2022年6月17日，广东佛山市顺德区的110接到了一个报警电话，报警人称自己的手提包被人偷走了，手提包里有2600元现金，还有一部手机，最重要的是包里有一批玉器，共有53件，价值141.8万元。报警人林先生是一名玉石商人，家住江苏省淮安市平桥镇，这次是乘坐大巴车到佛山给客户送货，在车上他因为犯困不知不觉睡着了，哪知道醒来之后，发现手提包不见了。

林先生发现包被偷后一时慌了，这批货是他的全部身家，民警赶到时，林先生还有些说不清话。

民警迅速成立了专案组展开调查，办案人员一方面对大巴车进行了仔细勘查，对大巴车上的乘客进行了调查和询问。另一方面，民警找到了长途客运公司，试图调取大巴车上的监控录像，不幸的是，这辆大巴车上的监控是坏的，无法获取车内的监控录像。

不过好在民警在对车上乘客进行询问的时候，获得了有用的线索，知道了偷包的是两名男子，而且还掌握了这两人的体貌特性。

随后民警调取了大巴车行驶路线上的监控录像，经过排查，终于发现这两名男子在容桂105国道一个公交车站下了车，这附近刚好有一个监控。监控显示这两名犯罪嫌疑人行色匆匆地下车后，立刻就搭了两辆摩的离开，因为监控离得远，再加上嫌疑人离开得太快，在这短暂的视频中无法分辨出嫌疑人的具体样貌。但是根据乘客的描述，警方推断这两人可能是惯偷，于是民警调取了之前有扒窃前科的人员的照片，到容奇大桥附近进行走访，一个星期之后，办案人员终于找到了嫌疑人搭乘的摩的司机。

摩的司机很快就从照片中辨认出了当天搭车的两人，资料显示这两个嫌疑人分别是黄某和杨某，同时摩的司机还提供了一条重要线索，就是这两人是在一家凉茶店附近下的车，并且确定当时两人手上拿了一个手提包。

本以为案子侦查到这里应该很好破了，毕竟警方已经掌握了两人的照片及身份信息，哪知道民警在凉茶店进行排查时竟然没有发现两人的任何踪迹，此后这两人再也没有出现过，如同人间蒸发了一样。

就在派出所民警一筹莫展时，报警人林先生竟然告诉民警手提包找到了，有一个好心人将其送回了他老家，而且包里的53件玉石一件没少，这让警方大感意外，同时也觉得非常蹊跷，这到底是怎么一回事呢？

时间拉回到2020年6月30日，江苏淮安，林先生的妻子卢小姐和往常一样，一大早开了店门，哪知道这天刚开门，就来了一个陌生男人。

这名男子进来第一句话就问：卢小姐是不是林先生的家属，当得到肯定回复后，该男子又拿出了一张身份证，让卢小姐再次确认，卢小姐看到丈夫的身份证也是大感意外。因为老公手提包丢失的当天，就打电话告诉了她。卢小姐知道自己老公的身份证是和手提包一并丢失的。

随后这位陌生男子做出了更让她惊讶的事情，只听这名男子说："你老公丢了一批货，我捡到了，这次是特意送来的。"

还没等卢小姐反应过来，这名男子就从一个红色塑料袋里掏出了一个棕色的手提包。卢小姐一下子就认出来了，这个包就是丈夫之前在广东顺德丢失的那个包。只见这人从包里掏出了一堆大大小小的玉器，不多不少刚好就是53件。

这名男子一边掏玉器，一边说自己是在广州的公交车上捡到的这个包，于是就按照身份证上的地址给送过来了。

这名男子把53件玉器拿出来后，让卢小姐给林先生打电话，他说要再确认一下卢小姐的身份，免得自己把东西还错了人。

卢小姐当即就联系上了丈夫，这名陌生男子在电话里和林先生确认了身份证号后才让卢小姐检查这批玉器。

卢小姐查看了玉器，确定就是自己丈夫丢失的那一批，当即表示要给对方5000元作为酬谢，哪知道对方当即就拒绝了，卢小姐只好留下了对方的电话，表示等丈夫从广州回来后，会让他去重重酬谢。

这名男子留下了电话号码后，就表示自己还有事，便匆匆地离开了。林先生知道自己丢失的53件玉石全部失而复得，真是激动坏了，要知道这可是他全部的家当啊！

警方听到林先生说丢失的玉石已经物归原主，既高兴又惊讶。这批玉石是在广东丢失的，怎么会有人捡到后不是想着第一时间报警，而是千里迢迢送到了江苏淮安呢？还有一个令人疑惑的是，当时林先生报警说的是手提包里除了玉石，还有2600元现金和一部手机，既然手提包送回了，那现金和手机又去了哪里呢？

于是，办案民警特意从广东赶到了江苏淮安，找到了林先生的妻子卢小姐，据卢小姐描述，当时这个陌生男子操着一口广西口音的普通话。可是当卢小姐描述了这个人的样貌特征后，办案民警就起了疑心，当即拿出了偷包的两个嫌疑人的照片让卢小姐辨认。

果不其然，来送玉石的男子就是其中一个嫌疑人黄某。这个时候卢小姐才知道原来那个千里迢迢送回玉器的"好心人"竟然就是当初偷自己老公包的小偷。

随即卢小姐拿出了黄某当时留给自己的电话号码，民警调查发现这个电话号码是在江苏淮安新开的，而且只打过两个电话，还都是打给卢小姐的，现在这个电话号码已经打不通了。

百万玉石已经偷到手了，竟然又千里迢迢给送了回去，这实在是让民警费解。

虽然玉石已经归还给了失主，但是警方对于两人的抓捕工作一直都没有松懈。

2020年12月底，办案民警终于在顺德的一家旅馆抓获了犯罪嫌疑人黄某，原来黄某以为事情已经过去这么久了，风声应该过去了，又想回来重操旧业，结果刚刚回来三天就被民警发现了踪迹。

黄某，广西玉林人，45岁，初中文化，到顺德已有20多年，案发前在面包店打工。6月17日，黄某和老乡杨某逛街回来，在大巴车上起了一下身，发现坐在自己前面的男子睡着了，包也落在了一旁，两人看这个包很漂亮，估摸着能值500元左右。杨某起了歹心，顺手把包拿给了黄某，黄某很喜欢这个包，也起了贪念，就把包夹在腋下，随后两人就下了车，乘坐摩的迅速离开了。

随后两人在一家茶餐厅打开了手提包，发现里面有现金2600元、手机一部、钱包一个，更意外的是还有一批五光十色的翡翠玉石。两人数了数，足足53件！黄某曾经在玉器店打过工，知道这一批玉石可能要值上百万，当即就害怕了。

"当时只想拿点小钱来花，没想到里面全是宝石，我马上和杨某说要想办法还给人家。"黄某说："可是杨某不愿意，他决定发笔大财，并且准备第二天去广州卖掉。"

黄某曾经因为偷盗受过打击，当时警察的教育犹在耳边，知道这次偷的数额太大了，对方肯定会报案，大巴车和下车的地方都有摄像头，如果被抓了，肯定要关上好多年。就这样，两人对玉器的处理起了分歧，黄某决定先稳住杨某，玉器的事以后再说。

于是黄某提议，包里的现金两人平分，每人得到 1300 元，手机给杨某。又因为杨某之前向自己借过 800 元钱，欠自己一个人情，于是他提议玉石先由自己保管，两人都先回去仔细想想到底怎么处理这些玉器。杨某拿走现金和手机时，再三嘱咐他不要自投罗网。黄某带着手提包回家后，越想越觉得不能把这批玉器占为己有，这批玉器估计得有上百万，可能是人家的全部身家了，如果不还回去，对方可能就会家破人亡。

黄某抱着这价值百万的玉器如同抱了一个烫手山芋，既想归还玉器又怕坐牢不敢报警，整整想了一夜，最终决定按照钱包里身份证上的地址给对方送回去。

第二天一大早，黄某就拿着手提包坐车从顺德赶到了广州，结果到了广州火车站的售票大厅，才发现没有直达江苏淮安的火车。

黄某从小到大只在顺德和广西之间活动，从来没有去过其他地方，所以他根本不知道怎样从广东坐火车到江苏淮安。又因为做贼心虚，不敢跟别人搭讪，于是他就先到火车站附近的小卖铺买了一张中国地图，先在地图上找到江苏淮安平桥镇。然后黄某又去买了一张铁路地图，在地图上看怎么样才能转到江苏淮安。

很不巧的是，黄某确定好了路线去买票的时候，由于火车票紧张，近三天的票都卖光了，不得已他只得买了三天后的车票。

等火车的这三天里，黄某担心同伙杨某的打击报复，把手机关机断了和外界的联系，又因为自己住在火车站附近的旅馆，担心在火车站这个鱼龙混杂的地方，这百万玉石再被别人给惦记上，不敢出去吃饭，吃了三天的泡面，睡觉也都是抱着手提包睡。三天后，黄某按时登上了火车，但是因为他买的是站票，只能站在车厢的走廊上，不时地就被别人碰一下挤一下。他担心别人会像他一样看中这个漂亮的包，于是一直都把手提包抱在胸前，一刻都不敢松开，后来还是不放心，又特意找了一个红色塑料袋包住手提包。就这样一路上走走停停，花了一个星期才到达淮安，途中他没有睡过一个安稳觉，不记得转了多少趟火车、长途汽车和公交车，最终才找到了身份证上的地址平桥镇。谁知道这个失主早些年搬了家，早已经不在身份证上的地址居住了，最后还是在当地居委会的帮助下，他才找到了失主的妻子卢小姐。这就是为什么远在广东的林先生，在手提包丢失 10 多天后，他远在江苏淮安的妻子却收到了"好心人"千里上门送还的百万玉器。

2021 年 5 月 31 号，广东省佛山市顺德区人民法院对此案进行了公开审理。经警方鉴定，这批涉案宝石价值 91.4 万元。公诉机关认为本案是盗窃既遂状态，盗窃数额 10 万元以上即属盗窃数额特别巨大，依法应当处以十年以上有期徒刑或无期徒刑，并处罚金或没收财产。法院认为，黄某的行为已构成盗窃罪，但由于黄某在扒窃时对盗窃对象的价值认识错误，所以本案所涉玉石的价值不应计入盗窃的数额之内。

被告人不远千里将所盗玉石归还失主的行为，不论其是出于自身的良知还是对法律的敬畏，都应该在道德上予以肯定和在法律上予以正面评价，并且可以也应该成为其改过自新之路的起点。最后，顺德法院判决被告人黄某犯盗窃罪，判处有期徒刑七个月，缓刑一年，并处罚金人民币 1000 元。读完宣判书后，法官语重心长地告诉黄某："你今年才 45 岁，正值年富力强，法律给了你一次改过自新的机会，希望你服刑后，好好工作，对你的家庭负责。"

黄某听了宣判后，紧绷的心一下子松了下来，失声痛哭，当场表示服从判决，不再上诉。

这个"由恶向善"的案例告诉人们，法律最基本的精神是宽恕，法律的意义不只是惩罚犯罪，更重要的是预防犯罪和教育犯罪的人，在于引人向善。黄某在犯下盗窃罪之后，又踏上了千里还玉之路。所谓的"善恶一念，佛魔一线"，说的就是这个道理。很多时候，人会由于一念之差犯下错误，但更重要的是在犯错之后的悔改和自我救赎。

6. 小偷正面临消亡吗？

数千年以来，历朝历代都在打击偷盗者，但即便如此，小偷仍旧屡禁不绝。

然而我们发现，随着社会不断向前发展，小偷正在逐渐消失。

也许大家在生活中或多或少都有被偷东西的经历，尤其是在一些人流密集的地方，小偷作案的手法往往让人防不胜防。那么事到如今，小偷为什么在国内逐渐消失得无影无踪了呢？

笔者曾经和胡雪林就此话题进行过交流，经过严谨的分析和了解，发现了该现象背后的三个现实原因。

第一个原因：移动支付在国内的普及。

以前，小偷之所以会在国内大行其道，主要是当时人们普遍都使用现金交易。出门带钱包，是大部分普通人的日常操作，而这一习惯无疑给了小偷们可乘之机。

然而，随着智能手机时代的来临，人们做生意很少再使用现金，加上支付宝、微信等电子支付方式在国内迅速流行开来，无论男女老少都接受了这种既可以方便快捷、又可以"不找零钱"的新支付方式，小偷们由此陷入了"无钱可偷"的尴尬处境。

对此有人可能说，小偷不偷现金，就没其他东西可偷了吗？

事实上还真是如此，当今社会，人们出门只携带一个手机，而小偷即便是偷到了手机，最终也无法解锁，即使拿去修理店也只能卖很低的价格，为此冒如此高的风险是不值得的。

而且，现如今的手机都有防盗追踪的功能，小偷们偷手机，无异于偷了一个"定时炸弹"，因为失主完全可以通过网络查看丢失手机的位置信息，小偷很容易被警察抓住。

第二个原因：现如今做什么都要实名制。

在以前，小偷们经常在火车站、机场等人流量多的地方进行偷盗。但随着实名制的推出，人们无论是进入车站还是其他地方，都要扫码或者刷身份证进入，如此一来，骗子们就不敢肆意妄为了，因为他们的身份信息已经被掌握，所以骗子们不敢去这些地方行窃了。

第三个原因：天网监控遍布大街小巷，小偷无所遁形。

在以前，小偷之所以敢放心大胆地干一些行窃的勾当，主要是抱着侥幸的心理，以为他们的行动不会有任何人知道。然而，在如今的科技时代，大小街道都布满了专门打击违法犯罪的天眼摄像头，特别是一些公共场合。

在这样的背景下，小偷们当然不敢乱来了，因为他们的一举一动无时无刻不被监控着，哪还敢行窃？

7. 小偷都去哪儿了？

　　盗窃是一种低门槛、低成本的常见犯罪形式。据统计，1995—2010 年，盗窃罪占全国各地公安机关立案总数的 2/3 左右。中国裁判文书网上公开了 2014—2019 年期间的 104 万份盗窃罪一审判决文书，占同期刑事一审判决文书总量的 20%。一审判决文书量排名第二的危险驾驶罪共约 80 万件。可以说，盗窃案件曾经是中国最普遍和常见的犯罪案件。但是，据最高人民检察院发布的 2022 年 1—3 月全国检察机关主要办案数据显示，排在起诉罪名第一位的是危险驾驶罪 74713 人，第二位是盗窃罪 45662 人。

　　盗窃罪已经被危险驾驶罪超过，不再是最常见的起诉罪名。根据《最高人民法院关于审理盗窃案件具体应用法律若干问题的解释》，盗窃罪存在一定的量刑标准，只有当盗窃金额达到一定标准的犯罪案件才会被起诉和审判。那么，那些未进入起诉程序的小额盗窃案件数量如何呢？虽然没有全国的数据，但是"江苏政务服务网"为我们提供了一个管中窥豹的窗口。这一网站公开了最近 5 年江苏省各级政府部门做出的所有行政处罚结果信息。根据笔者 2021 年 5 月 31 日检索，该网站上共记录有 85797 条盗窃案行政处罚结果，但酒后驾驶机动车的行政处罚结果高达 158118 条，是盗窃案件的近两倍。

　　这些数据表明，曾经非常常见的盗窃犯罪在今天已经出现了下降趋势，甚至已经不再是最常见的犯罪案件了。原因是什么呢？

　　中山大学政治与公共事务管理学院教授梁平汉在《北大金融评

论》上发文指出：近年来蓬勃发展的数字金融在其中发挥了重要的作用。他基于城市面板数据的研究证实了数字金融发展对于盗窃犯罪活动的显著降低作用。平均而言，如果城市的数字普惠金融指数增加 1 个标准差，那么当年当地盗窃犯罪率就会减少 0.40 个标准差，相当于盗窃犯罪率下降了 1/4，这体现了数字金融发展所产生的重要社会收益。这一结果是非常稳健的。

梁平汉教授在《天下无贼？数字金融发展与犯罪治理——来自盗窃案刑事判决书的证据》中，整理了中国裁判文书网上的上百万份盗窃案一审刑事判决书，对此展开了研究。文献表明，数字金融依托于电子支付、信息技术、大数据和云计算等创新科技，具有融资、投资和支付等功能，产生了更好的用户体验，扩展了金融覆盖面，极大降低了交易成本和进入门槛。而且数字金融与电子商务共同发展，降低了金融服务的门槛，并产生了规模效应和长尾效应，达到了更低的交易成本，实现了普惠金融。已有研究发现了数字金融发展对于居民消费、家庭金融需求、私人借贷、创业机会、企业技术创新等的正面影响，特别强调了支付便利性提升在其中发挥的作用。就盗窃犯罪而言，数字金融的发展有一种非常直观的效果，那就是支付便利性的提升减少了居民携带和储存现金的需要。社会上的现金越来越少，盗窃现金变得越来越难。

各位读者不妨想一下，在日常消费中，有多少时候和场合大家还是在使用现金，又有多少时候和场合大家采用移动支付。但是，现金越来越少，职业窃贼会不会改去盗窃其他财物呢？笔者认为并不一定。首先，流动资产是日常生活中窃贼的主要目标，毕竟窃贼并不是为了自用而盗取财物，而是要将财物变现，而现金的流通性最好的。其次，即使窃贼并不直接以现金为下手目标，而是盗取手提包等物品，那也是对于手提包内物品价值有所预期的，如果生活中现金使用场景减少，对于小偷而言，手提包这个"盲盒"的预期价值也就下降了。

2017 年，广西南宁人周××在互联网上突然名声大噪，这源于 2012 年他在派出所面对采访镜头说出的"打工是不可能打工的，这辈子都不可能打工"这一"金句"在网上被翻出，引起了网民的广泛关注。周××是一个惯偷，从 2007 到 2020 年，他因犯盗窃罪前后 4 次入狱，出名时他正在狱中服刑，仅从狱警和家人口中得知自己"红了"的消息，也不会想到自己的未来将会因互联网发生怎样的变化。2020 年 4 月，周××刑满出狱，他没有去打工，而是选择拍摄自己在家务农日常的短视频上传到平台上。他成为一名全网拥有超过 300 万粉丝的主播，在互联网上找到了自己的谋生方式。

因此，数字金融发展带来的支付便利性直接减少了盗窃犯罪的预期收益。另外，数字金融的发展还通过改变劳动力市场就业条件影响着盗窃犯罪。中国的数字金融与电子商务共同发展，在这一过程中催生了新的"零工经济"，产生了新的就业岗位，例如外卖骑手、快递员、网约车司机、网络主播等。这些岗位的进入门槛一般比较低，为城市中的低技能劳动力创造了更多的就业机会。

那么，数字金融发展了，小偷会不会转而从事其他犯罪活动呢，比如电信网络诈骗等活动？笔者认为这不大可能。第一，从笔者所搜集数据中，89% 的盗窃犯的文化程度在初中以下，在劳动力市场中这是标准的低技能劳动者，要大规模转而从事电信网络诈骗等"高技术含量"的犯罪活动并不是那么容易。第二，如果这一现象出现，那么应该会出现盗窃犯罪与其他犯罪之间此消彼长的关系。但是，当地数字金融的发展与除盗窃案外的其他案件刑事一审裁判文书数量之间并不存在统计上的显著关系，相关系数也很小。

全国小偷正在悄然转型，因为偷到一部手机就能盗刷你大半家产！越来越多的案例表明，小偷这个群体，也正在拥抱互联网转型升级，他们只要偷走你的手机，几乎就等于拿到了你家的钥匙，后果极其严重。

尾　声

　　胡雪林的故事讲到这儿的时候，也该收尾了，或许有的读者仍意犹未尽。

　　其实，作为一位久经反扒战场的"反扒大王"，胡雪林并没有停下前行的脚步。退休之后，他常常被邀请去参加各项公益活动，他乐此不疲，总是自费前往。有的学校也请他去做安全教育报告。这时候，胡雪林又像回到了工作状态，绘声绘色地讲述自己的反扒经历，并向学生讲解在日常生活中如何防偷防盗。

　　世上只要有小偷存在，防范将永远是个说不完的话题。

　　我打开电脑，在百度上输入"镇江小偷"几个字，竟跳出数百条类似的新闻——

　　"为博女网友欢心，镇江一男子盗窃通信基站电池"；

　　"镇江一公司仓库连连被偷　盗贼竟是离职副总"；

　　"深更半夜：小蟊贼们栽到了老司机手中"；

　　"镇江市民勇抓小偷：深夜街头上演追逐大戏"；

　　"凌晨：镇江街头上演追贼大片　小偷跑得居然比汽车还快"

　　……

　　看到这铺天盖地的新闻的时候，我忽然想起了海涅的诗——《流动鼠》：

　　世界上有两种老鼠，

　　饥饿的和吃饱的。

　　吃饱的心满意足居家，

饥饿的出门浪迹天涯。

它们游走千里万里，

毫不停顿毫不休憩，

笔直向前愤怒地奔跑，

狂风暴雨照样不停歇。

它们越过高高山坡，

它们游过潺潺湖泊。

有的淹死了有的摔破头，

活的把死的抛在了身后。

这些怪物长着

令人寒战的嘴巴；

他们的脑袋全部剃光，

一概光秃秃，个个油亮亮。

这群极端的耗子

不知道天父老子。

生下的不要洗礼神父，

雌性的全是公共尤物。

这纵欲的老鼠一群，

只懂得狂吃暴饮，

喝啊吃啊，仿佛不知

我们的灵魂万劫不逝。

这一群野蛮耗子

既不怕地狱，也不怕猫咪；

没有财产，没有金钱，

想把世界重分一遍。

这群流动鼠，噢老天！
它们已经近在眼前。
浩浩荡荡，我已听到
尖声呼哨，难以计数。
噢老天！我们完蛋了，
它们已兵临城下！
市长先生和市府议员
摇着头，不知怎么办。
市民们全副武装，
牧师把大钟敲响。
高尚的国家摇摇欲坠，
市民的财产岌岌可危。
无论是钟声或牧师的祈祷，
无论是政府法令多少道，
即使是大炮，几百磅重，
都救不了你们，亲爱的孩子们！
古老的雄辩艺术
今天也无济于事。
用演绎怎能把老鼠抓获，
最妙的诡辩它们一跃而过。
饥饿的胃里只能容纳
汤的逻辑和丸子的大法，
还有煎牛排的推理依据，
加上哥廷根香肠的语录。
牛油煎的沉默的鳕鱼干

使这群极端的老鼠舒坦，

远胜于一个米拉作，

远胜于所有西塞罗。

在中国大地上，像世纪大盗张子强、东北贼王黄庭利这样的人物已经不复存在了，但仍有太多有名的、无名的小偷，像流动鼠一样，生存在我们生活的每一个角落里。

在这个黑与白的人生舞台上，兵贼斗法，手段翻新，花样繁多，各显其能，每天都在演绎着比《天下无贼》更精彩的大戏……

各位看官，故事讲到这里，应该收笔打住了，可抓贼的事永远也讲不完。当你坐在公交车上的时候，当你进入商场精心选购你心仪的商品的时候，当你步入餐厅尽情享受美食的时候，无数个小蟊贼像幽灵一样游走在你的身边。而此时，同样有无数个像胡雪林一样的反扒警察正远远地守候在你的身边，呵护着你的财产和人身安全。这些英雄好汉，都是活生生的人，天天隐藏在你我之中，也许他们多少次悄悄从身边走过。我们可以不知道他们长什么样，叫什么名字，但一定要知道有了他们，才有了我们的安宁和幸福。让我们一起为这些天天与贼同行的人祝福，祝好人一生平安！

★反扒英雄胡雪林人生档案

◆1988年3月，从旅馆饭店老板转为业余反扒队员；

◆1989年1月，正式调入公安反扒大队，任镇江市公安局公交分局副局长兼反扒大队长，主要职能仍然是反扒，人称"马路局长"；身高一米八三，在"小偷界"无人知晓他的官位，只知"胡大个子"；

◆反扒30余年，抓获小偷6000余人次，无一错抓；

◆抓获小偷的年度最高纪录为600人次；

◆30余年中，他走过的路可以环绕赤道3圈，磨坏的运动鞋有200多双；

◆先后拒收小偷贿赂200余万元，为群众挽回经济损失1000余万元；

◆胡雪林先后被嘉奖、记功60多次，其中，荣立个人一等功2次，二等功1次，三等功6次；

◆1995年，被镇江市人大授予"优秀警官"荣誉称号；

◆1999年，被公安部授予"全国优秀人民警察"；

◆2000年，被公安部、人事部授予"全国特级优秀人民警察"；

◆2007年，被江苏省委评选为"江苏省十大爱民警察"；

◆2008年，被公安部授予"全国二级英雄模范"称号；

◆2008年，被江苏电视总台评为江苏省十大服务公众明星人物，同年当选镇江市首届"大爱之星"；

◆2009年，评选为江苏省政法委"优秀政法干警"；

◆2009年，被江苏省评选为"十大爱民标兵"；

◆2010年，被评选为全国先进工作者；

◆2011年，胡雪林荣获江苏省"十佳"文明职工；

◆2011年，获得江苏省"五一劳动奖章"；

◆2011年，被评选为江苏省公安厅优秀共产党员，同年荣获镇江市金质人民奖章；

◆2019年，荣获中华人民共和国成立七十周年纪念章；

◆2022年6月正式退休，但他退而不休，一方面做慈善和公益，一方面撰写反扒秘籍，继续履行人民警察的神圣职责。

后 记

为英雄立传 为时代放歌

小时候，我将飞翔在天空中的老鹰比作英雄。

它翱翔于孤寂的高空，黑黑的影子，像是又高又蓝的天空的勋章。只有它，才配得上这枚高贵的勋章。

长大了，我在一次睡梦中化作了一只傲视天下的鹰，在一望无际的天空中展翅飞翔。

我记得我曾经飞到那苍茫的乌江之畔，江边残阳如血，艳丽到极致的晚霞中镶嵌着一条悲壮到极致的人影。人影背后是千军万马，身前是弱水三千。他伸手抚摸着那匹浑身是血却又宁死不屈的宝马，眼前浮现出了那个最美的女人的曼舞轻歌。然后他缓缓地举起剑，声嘶力竭地念道："英雄——英雄——"

我不敢再想下去，因为我记得剑光一闪的刹那，那种悲壮的猩红便染遍了天与水的交界线。现在我明白了，项羽不是英雄，他只是一把锋利绝伦的宝剑。在天昏地暗的乱世，在屠龙杀虎之后，终于寸寸折断。

我记得我曾经飞到虎门海滩，看到了冉冉升起的黑烟在明朗的蓝天下消散无踪，人们在欢呼，在雀跃。只有一个人仍是紧锁眉头，纹丝不动。深黑的人影在夕阳的映衬下，仿佛和高耸的峭壁交融在一起，坚毅刚强，亘古不变，仿佛从这个世界上有生命起就已存在。我似乎听见有人大喊："林大人销毁了鸦片，给中国人长了志气，真是一位

232

大英雄!"而我却只听见他深深地叹了口气,轻轻地说:"我不想做英雄,我只是做了我该做的事罢了。"

我迷茫,我不解。那条深黑的人影一直是我心中的英雄,可他为什么不愿意承认呢?现在我懂了,海纳百川,有容乃大;壁立千仞,无欲则刚。林则徐不是英雄,他就是海边高崖上一块永恒的岩石,岩石无心、无欲,却能经得起狂风骤雨,巍然不倒,从过去矗立到现在,也将矗立到未来。

我飞翔,我探求,我寻找,我思考着英雄的真谛。霍去病的"匈奴未灭,何以家为"算不算英雄?苏轼的"西北望、射天狼"算不算英雄?岳武穆的"怒发冲冠凭栏处"算不算英雄?他们豪迈、英武、悲壮,他们的血管里流着一种叫英雄的血液;同时他们也有一种亘古至今的力量——一种英雄与生俱来,比山还高、比海还深的力量。

一阵狂风袭来,我这只大鹰飞入人间。蓦然回首间,英雄犹如灿烂星空,照亮苍穹:写下就义诗"杀了夏明翰,还有后来人"慷慨赴死的革命者是英雄;抗美援朝战争中一个个耳熟能详的名字:黄继光、邱少云、杨根思、罗盛教……他们是英雄;洪水肆虐、山体滑坡、人民生命财产受到威胁时,奋不顾身冲在一线的消防战士是英雄;在抗击新冠疫情这场没有硝烟的战争中,日夜奋战的白衣天使是英雄;2023年8月初,一场特大暴雨袭击京津冀,无数热血军民奔赴洪涝的最前沿,他们是展现在世人面前活生生的英雄……古往今来,我们中华民族从来就不缺英雄。

我的故乡——"城市山林"镇江也是英雄辈出,生生不息。不让须眉的梁红玉、以死殉城的副都统海龄、血洒蓝天的陈怀民、绝食殉国的新四军团长巫恒通,到至今仍长眠于茅山脚下的7000余名新四军将士……哪一位不是铁骨铮铮的大英雄!

在这个英雄迭出的年代,镇江市公安局公交治安分局原副局长胡雪林也是我心中的"真心英雄"。他从警30多年，先后受嘉奖30多次，荣立个人一等功2次、二等功1次、三等功6次，是全国二级英雄模范、全国先进工作者。身上10多处伤痕就是其最耀眼的勋章。

"英雄心"是忠诚之心。"天下至德，莫大乎忠。"对党、国家和人民的绝对忠诚，是在关键时刻挺身而出的力量源泉。在上甘岭战役中，无数革命战士在战场上甘于抛头颅、洒热血，用鲜血和生命铸就了伟大的胜利；在新中国建设时期，无数科学家甘于隐姓埋名、无私奉献，用对祖国对人民的热爱铸就了伟大的"两弹一星"精神……英雄出自平凡，忠诚铸就伟大。任何时刻，忠诚之心都是一道坚不可摧的防线，是激励我们不畏艰险、迎难而上、奋勇当先的不懈动力。作为一名人民警察，胡雪林对单位忠诚，对事业忠诚，在本职岗位"坐得住"，在关键时刻"靠得住"，在生死面前"冲得上"，以实际行动擦亮党员底色。

"英雄心"是纯洁之心。"侠之大者，为国为民。"英雄之心往往是最纯洁的，不含有任何个人利益，不掺加一丝杂质，有的只是义无反顾、舍身逆行的无私胸襟和果敢行动。面对一次次重金的利诱，面对一次次恐吓、阻挠，胡雪林无私无畏，坚定不移地把人民利益"置顶"，用一颗最纯粹的英雄之心去坚守、去奉献、去战斗。这种精神值得我们每一个人学习传承。

"英雄心"是担当之心。"为了保护人民生命安全，我什么都可以豁得出来！"这就是胡雪林敢于担当作为的最强音。面对大是大非敢于亮剑，面对矛盾迎难而上，面对穷凶极恶的歹徒挺身而出，面对失误承担责任，面对歪风邪气斗争到底，这些都是群众看在眼里、记在心里的。担当是历史的传承，是人民的希望，是改革的要求，更是英雄的使命。作为一名人民警察，肩负群众期待，更要做到心如止水，久久为功，守住底线思维，涵养政治品格，永葆清正廉洁的政治本色。

有人说，欣赏一个人始于颜值，敬于智慧，合于性格，久于善良，终于人品。我为胡雪林立传讴歌，正是敬重于他的睿智和豁达，欣赏他爽朗、率真的性情，仰慕他胸怀大义、刚柔并济的品格，更惊叹于他直面生死、忠诚无悔的英雄本色。

崇尚英雄才会产生英雄，争做英雄才能英雄辈出。

用"警坛雄鹰"作为书名，就是我对英雄的崇拜，对英雄含义的注解。

英雄是我们这个时代不可或缺的。让我们在每一个朝霞清露的早晨，在每一个寸心隐动的黄昏，在每一个情爱缠绵的瞬间，在每一个远别和相逢的时刻，在每一个字字锥心、声声泣血的怀念里，能够与每一个英雄的名字相遇。

愿天下英雄鲲鹏展翅，大展宏图，继续抒写新时代最华丽的篇章！

▶胡雪林和红色摄影家谢才保在一起

◀胡雪林和他的摄影师朋友

▶胡雪林和他的出租车司机朋友

◀胡雪林在句容茅山脚下的酵素园参观

▶胡雪林和他的小"粉丝"亮亮